脱獄《だつごく》サバイバル

cheeery《チェーリィ》・著　狐火《きつねび》・絵

野いちごジュニア文庫

『ここに残《のこ》ったみなさまは罪《つみ》を犯《おか》したことのある人《ひと》たちです』

クラスに残《のこ》された総勢二十五名《そうぜいにじゅうごめい》。

罪《つみ》を抱《かか》えたクラスメイトたちがデスゲームに挑《いど》む。

ステージクリアーできなければ処刑《しょけい》――。

「へぇ、お前《まえ》……ヤベーことしてたんだな」

それぞれの抱《かか》える罪《つみ》とはなにか。

「ごめん、なさい……っ。許《ゆる》してください」

行《い》きつく先《さき》は、罪《つみ》からの解放《かいほう》かそれとも地獄《じごく》か。

罪人《ざいにん》たちのゲームが今《いま》、幕《まく》を開《あ》ける。

脱獄《だつごく》サバイバル

jailbreak survival

キャラクター紹介《しょうかい》

主人公《しゅじんこう》

大貫《おおぬき》 俊《しゅん》

小学校時代《しょうがっこうじだい》のとある経験《けいけん》から、人一倍正義感《ひといちばいせいぎかん》が強《つよ》い中《ちゅう》2男子《だんし》。クラスの仲間《なかま》を大切《たいせつ》にしている。

椎名《しいな》 渚《なぎさ》

俊《しゅん》の幼《おさな》なじみ。明《あか》るい性格《せいかく》だったが、母親《ははおや》が交通事故《こうつうじこ》に遭《あ》って以降《いこう》、笑顔《えがお》を見《み》せなくなった。

根本《ねもと》 卓《すぐる》

俊《しゅん》の親友《しんゆう》。小学校時代《しょうがっこうじだい》から運動神経抜群《うんどうしんけいばつぐん》で、サッカー部《ぶ》のキャプテンを務《つと》めている。

平沢《ひらさわ》　康太《こうた》

２年《ねん》A組《ぐみ》を牛耳《ぎゅうじ》る男子《だんし》。中《ちゅう》１の時《とき》からイジメをしていて、その被《ひ》害者《がいしゃ》は不登校《ふとうこう》になってしまった。

相川《あいかわ》　美月《みつき》

クラス内《ない》に好《す》きな人《ひと》がいる。一《いっ》見《けん》、両想《りょうおも》いのようにみえるが、相手《あいて》には秘密《ひみつ》があるようで……。

新山《にいやま》　健太《けんた》

イジメられっ子《こ》。真菜《まな》の言《い》いなりだったけれど、ゲームが進《すす》むにつれその態度《たいど》に変化《へんか》が……？

井戸口《いどぐち》　真菜《まな》

クラスのリーダー的存在《てきそんざい》。モデルをしていてスタイルがいいものの、気《き》が強《つよ》い。

あらすじ

２年《ねん》Ａ組《くみ》の生徒《せいと》25名《めい》は、
放課後《ほうかご》、教室《きょうしつ》に残《のこ》るよう
告《つ》げられる。

すると、突然《とつぜん》モニターに映《うつ》った
人物《じんぶつ》・サバキから
「君《きみ》たちは全員《ぜんいん》、
罪《つみ》を犯《おか》している」
と伝《つた》えられて——!?

わけもわからないまま
始《はじ》まったのは、命《いのち》をかけた脱出《だっしゅつ》
ゲーム「脱獄《だつごく》サバイバル」！

第《だい》１ゲーム
サバイバルドロケイ
追《お》いかけてくる警察《けいさつ》から逃《に》げまくれ！

第《だい》2ゲーム
仲良《なかよ》しカギ開《あ》けゲーム

部屋《へや》が水《みず》でいっぱいに
なるまでに、
手錠《てじょう》のカギをあけろ！

第《だい》3ゲーム
罪《つみ》ダウトゲーム

カードにかかれた
クラスメイトの罪《つみ》を当《あ》てろ！

第《だい》4ゲーム
有罪《ゆうざい》？ 無罪《むざい》？ ゲーム

その罪《つみ》は、有罪《ゆうざい》？ 無罪《むざい》？

裏切《うらぎ》りやウソ、だまし合《あ》い…
檻《おり》の中《なか》で明《あき》らかになるのは、
クラスメイトの裏《うら》の顔《かお》!?

4つのゲームを生《い》き抜《ぬ》いて、処刑《しょけい》を回避《かいひ》せよ！

つづきは本編《ほんぺん》を読《よ》んでね！

もくじ

残《のこ》されたクラスメイト —— 9

第一《だいいち》ゲーム：サバイバルドロケイ —— 29

第二《だいに》ゲーム：仲良《なかよ》しカギ開《あ》けゲーム —— 51

リセットボタンの部屋《へや》 —— 92

第三《だいさん》ゲーム：罪《つみ》ダウトゲーム —— 118

渚《なぎさ》の罪《つみ》 —— 154

最終《さいしゅう》ゲーム：有罪《ゆうざい》？　無罪《むざい》？　ゲーム —— 171

罪《つみ》の終《お》わり —— 229

あとがき —— 232

残《のこ》されたクラスメイト

「明日数学《あしたすうがく》のテストするって最悪《さいあく》だよな〜。もっと早《はや》く言《い》ってくれるべきじゃね？」

俺《おれ》の隣《となり》の席《せき》に座《すわ》る親友《しんゆう》、根本卓《ねもとすぐる》が文句《もんく》を言《い》う。

「まぁな。でもそれくらい普段《ふだん》から準備《じゅんび》しておけってことなんじゃないの？」

「なんだよ、俊《しゅん》。お前余裕《まえよゆう》じゃん」

「いや、正直点数《しょうじきてんすう》は取《と》れる気《き》がしないんだけど……」

「けっきょくかよ！」

俺《おれ》の名前《なまえ》は大貫俊《おおぬきしゅん》。相文中学《あいぶみちゅうがく》二年《にねん》A組《エーぐみ》で毎日《まいにち》を過《す》ごしている。

「じゃあ今日《きょう》の放課後《ほうかご》、勉強《べんきょう》でもするか？」

「それ、あり！　じゃあさ……渚《なぎさ》も誘《さそ》っていいか？」

「別《べつ》にいいけど……来《こ》ないと思《おも》うぞ」

「そうだよな……」

俺《おれ》と椎名渚《しいななぎさ》は小学五年生《しょうがくごねんせい》の時《とき》に、同《おな》じ委員会《いいんかい》だったのがきっかけで仲良《なかよ》くなった。

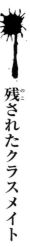

渚《なぎさ》は人《ひと》あたりもよく、こういう勉強会《べんきょうかい》も誘《さそ》えばすぐに来《き》てくれるような子《こ》だった。

明《あか》るくて活発《かっぱつ》で楽《たの》しいことが大好《だいす》きな女子《じょし》。

でも今《いま》は……違《ちが》うんだ。

「いちおう誘《さそ》ってみるよ」

俺《おれ》は一番前《いちばんまえ》にある渚《なぎさ》の席《せき》に向《む》かった。

渚《なぎさ》は机《つくえ》につっぷしている。休《やす》み時間《じかん》はいつもこの体勢《たいせい》だ。

誰《だれ》とも話《はな》さず、顔《かお》をふせてそうやって時間《じかん》を過《す》ごしていく。

「渚《なぎさ》」

ポンポンと肩《かた》をたたくと、渚《なぎさ》が顔《かお》をあげた。

「今日《きょう》、卓《すぐる》とテスト勉強《べんきょう》しようと思《おも》ってるんだ。渚《なぎさ》も来《こ》ないか？」

俺《おれ》がたずねると、渚《なぎさ》は小《ちい》さな声《こえ》で言《い》った。

「……行《い》かない」

そしてすぐにまた顔《かお》を下《さ》げてしまった。

「……そっか、じゃあまた気《き》が向《む》いたら声《こえ》かけてな」

俺《おれ》はそれだけを言《い》い残《のこ》して卓《すぐる》のもとに戻《もど》った。

「無理《むり》だったろ？」

「うん……」

「それにしてもビックリするよな。あの椎名渚《しいななぎさ》が明《あか》るい性格《せいかく》だったなんてさ。俺《おれ》には考《かんが》えられないわー」

「渚《なぎさ》……」

六年生《ろくねんせい》の時《とき》、渚《なぎさ》のお母《かあ》さんは交通事故《こうつうじこ》に遭《あ》った。

一命《いちめい》は取《と》りとめたけれど、今《いま》も意識不明《いしきふめい》のまま病院《びょういん》にいる。

両親《りょうしん》が離婚《りこん》して母子家庭《ぼしかてい》だった渚《なぎさ》。

唯一《ゆいいつ》の家族《かぞく》であったお母《かあ》さんの事故《じこ》は、相当《そうとう》ショックだっただろう。

それ以来《いらい》、渚《なぎさ》は全《まった》く笑顔《えがお》を見《み》せなくなってしまった。

だから俺《おれ》はできるだけ、渚《なぎさ》を支《ささ》えたいんだ。

そんなことを考《かんが》えていると、左隣《ひだりどなり》の仁科大羽《にしなひろと》くんの席《せき》に平沢康太《ひらさわこうた》くんがやってきてドカっと座《すわ》った。

平沢《ひらさわ》くんと仲《なか》のいい中村啓介《なかむらけいすけ》くんと吉野満《よしのみつる》くんもやってくる。

……クラスを牛耳《ぎゅうじ》っている三人《さんにん》だ。

仁科《にしな》くんはずっと欠席《けっせき》している。というのも……。

「全《まった》く、ちょ～っとイジメてやったくらいで不登校《ふとうこう》になりやがって、仁科《にしな》のやつ、つまんねぇよな？」

「本当《ほんとう》、俺《おれ》たちのサンドバックが消《き》えちまったし？　まぁでも、しばらくたったらまた登校《とうこう》してくるんじゃね？」

「じゃあその時《とき》のために、お土産《みやげ》でも残《のこ》しておくか」

平沢《ひらさわ》くんはマジックペンを筆箱《ふでばこ》から取《と》り出《だ》して、机《つくえ》に大《おお》きく文字《もじ》を書《か》いた。

【不登校《ふとうこう》】【学校来《がっこうく》るな】

「これ見《み》たら仁科《にしな》どう思《おも》うだろうなぁ」

「泣《な》いて、ママー！　助《たす》けてー！って逃《に》げて行《い》くんじゃね？」

「アハハハ！　アイツの反応《はんのう》が楽《たの》しみだ」

バカにしたように笑《わら》う平沢《ひらさわ》くんと中村《なかむら》くん。

吉野《よしの》くんはなにも言《い》わず、うつむいている。

平沢《ひらさわ》くんたちは、仁科《にしな》くんを一年生《いちねんせい》のころからイジメていたらしい。

二年生《にねんせい》のクラス替《が》えで、俺《おれ》は平沢《ひらさわ》くんたちと仁科《にしな》くんと同《おな》じクラスになったが、仁科《にしな》くんは進級《しんきゅう》と同時《どうじ》に学校《がっこう》に来《く》ることをやめてしまった。

こんなこと、許《ゆる》されるわけがないんだ！

「そこ、仁科《にしな》くんの机《つくえ》だろ。勝手《かって》に座《すわ》って落書《らくが》きなんてヒドイだろ！」

「はぁ？　またお前《まえ》かよ。いい加減《かげん》うぜーんだよ」

平沢《ひらさわ》くんは俺《おれ》の胸《むな》ぐらをつかんだ。

「いっつもいっつも突《つ》っかかってきやがって、今度《こんど》はお前《まえ》をターゲットにしたっていいんだぞ！」

そう言《い》われごくりと息《いき》をのんだ時《とき》、卓《すぐる》が仲裁《ちゅうさい》に入《はい》った。

「ごめんって、平沢《ひらさわ》！　コイツは正義感強《せいぎかんつよ》いからさ、すぐそういうこと言《い》っちゃうの。許《ゆる》してやって、な？」

卓《すぐる》が頼《たの》みこむと、平沢《ひらさわ》くんは「チッ」と舌打《したう》ちをしながら俺《おれ》を放《はな》し、その場《ば》を去《さ》って行《い》った。

「お前《まえ》さ、もう平沢《ひらさわ》に突《つ》っかかるのやめろって言《い》っただろ」

「だって……平沢《ひらさわ》くんたちがイジメをやめないから」

「しょうがないんだよ。この世界《せかい》はなにかしらの犠牲《ぎせい》が必要《ひつよう》なんだから」

卓《すぐる》のことは好《す》きだけど、卓《すぐる》がよく使《つか》うその言葉《ことば》は好《す》きじゃない。

だって、そんなのおかしいだろ。

誰《だれ》かが犠牲《ぎせい》にならないといけない世界《せかい》なんて存在《そんざい》しちゃいけない。

俺《おれ》が言《い》い返《かえ》そうとした時《とき》、ガラガラと教室《きょうしつ》の扉《とびら》が開《ひら》いた。

「ホームルームを始《はじ》めます」

担任《たんにん》の先生《せんせい》がみんなに席《せき》につくように伝《つた》えると、なにやら神妙《しんみょう》な面持《おもも》ちで口《くち》を開《ひら》いた。

「ホームルームのあと、**名前《なまえ》を呼《よ》ばれた人《ひと》は残《のこ》ってください**」

すると先生《せんせい》はクラスメイトの名前《なまえ》を読《よ》みあげた。

「……井戸口真菜《いどぐちまな》さん……大貫俊《おおぬきしゅん》くん……椎名渚《しいななぎさ》さん……」

次々《つぎつぎ》に呼《よ》んでいく。

これってほぼ全員《ぜんいん》呼《よ》ばれているんじゃないか？

先生《せんせい》が名前《なまえ》を言《い》い終《お》えた時《とき》、不満《ふまん》そうな声《こえ》が聞《き》こえてきた。

「居残《いのこ》りって全員《ぜんいん》か？」

「帰《かえ》れるのは、図書委員《としょいいん》の安西《あんざい》さんと、夢屋《ゆめや》くんだけじゃん！」

安西《あんざい》さんはすごくまじめな性格《せいかく》で、ルールをきちんと守《まも》る人《ひと》。

夢屋《ゆめや》くんはというと、素直《すなお》で明《あか》るくムードメーカー的存在《てきそんざい》で、クラスで一番《いちばん》やさしいと言《い》われている。

「おい、夢屋《ゆめや》～、なんでお前《まえ》だけ帰《かえ》れるんだよ」

「僕《ぼく》だってわからないよ。こんなにみんな残《のこ》るなら逆《ぎゃく》に僕《ぼく》もいたかったけど……」

「いいから帰《かえ》れー！」

夢屋《ゆめや》くんはみんなにシッ、シッと手《て》で振《ふ》り払《はら》われ、しぶしぶ教室《きょうしつ》から出《で》て行《い》った。

安西《あんざい》さんは特《とく》にこっちを気《き》にせずに先《さき》に帰《かえ》ってしまった。

「それでは、みなさんさようなら……」

なぜか先生《せんせい》まで教室《きょうしつ》から去《さ》ってしまった。

えっ。

帰《かえ》っちゃうのか？

「なんだよ、担任《たんにん》まで帰《かえ》っちまったじゃん！」

「別《べつ》の先生《せんせい》の教科《きょうか》の成績《せいせき》が悪《わる》いって説教《せっきょう》なんじゃねぇの？ ほら、数学《すうがく》とかさ」

「それでほぼ全員居残《ぜんいんいのこ》りになるか？ 安西《あんざい》さんならともかく、補習《ほしゅう》だったら夢屋《ゆめや》は絶対《ぜったい》いるだろ」

「たしかにな」

しばらくみんなで話《はなし》をしていると、突然教室《とつぜんきょうしつ》の扉《とびら》が**カチッ**と音《おと》を立《た》てた。

「なんだ今《いま》の音《おと》？」

中村《なかむら》くんがたずねると平沢《ひらさわ》くんが立《た》ちあがった。

彼《かれ》は前《まえ》の扉《とびら》まで行《い》ってガチャガチャと引《ひ》き手《て》を揺《ゆ》らす。

「おい、カギが締《し》まってるぞ」

「えっ、なんで……」

吉野《よしの》くんがさらに後《うし》ろの扉《とびら》を引《ひ》こうとするが開《ひら》かなかった。

「こっちも開《あ》かねぇ！」

「教室《きょうしつ》に閉《と》じこめられたのか⁉」

その時《とき》、突然教室《とつぜんきょうしつ》に備《そな》えつけられているモニターの画面《がめん》の電源《でんげん》がついた。

「なんだ、あれ！」

そこには、見《み》たこともない黒《くろ》い衣装《いしょう》を着《き》ている人《ひと》がいる。

あれは、放送室《ほうそうしつ》からの映像《えいぞう》……？

『二年A組《にねんエーぐみ》のみなさま、こんにちは。私《わたし》はみなさまの**罪《つみ》を暴《あば》く断罪人《だんざいにん》……サバキです**』

「断罪人《だんざいにん》？　サバキ？」

聞《き》いたことのない名前《なまえ》だ。

「なにこれ？　放送委員《ほうそういいん》が遊《あそ》んでるとか？」

みんなが疑問《ぎもん》を口《くち》にする中《なか》、サバキというやつは淡々《たんたん》と話《はなし》を続《つづ》ける。

『みなさまを教室《きょうしつ》に残《のこ》したのには理由《りゆう》があります』

一呼吸置《ひとこきゅうお》くと、サバキは言《い》った。

『それは、**キミたちに罪《つみ》を償《つぐな》ってもらうためです**』

罪《つみ》を償《つぐな》う？

「罪《つみ》ってなんだそれ」

「意味《いみ》わかんねぇし」

『ここに残《のこ》ったみなさまは罪《つみ》を犯《おか》したことのある人《ひと》たちです』

「はぁ？　なんだそれ」

「罪《つみ》とか犯《おか》してねぇし」

どういうことだ……。

全員《ぜんいん》が罪《つみ》を犯《おか》しているだって？

『みなさまには、今《いま》からゲームを通《つう》じてその罪《つみ》と向《む》き合《あ》ってもらいます』

「さっきから意味《いみ》わかんねぇんだよ！」

「なにもしてないって言《い》ってんだろ！」

するとサバキは声《こえ》を低《ひく》くする。

『本当《ほんとう》にそう言《い》えるでしょうか？　自分《じぶん》の胸《むね》に手《て》を当《あ》てて、問《と》いただしてみてください。誰《だれ》にも言《い》えない罪《つみ》を抱《かか》えている人《ひと》、自分《じぶん》の罪《つみ》を見《み》て見《み》ぬフリをする人《ひと》、罪《つみ》を罪《つみ》だと認識《にんしき》していない人《ひと》……。罪《つみ》にはさまざまな形《かたち》があります』

すると、クラスのリーダー的存在《てきそんざい》の女子《じょし》、井戸口《いどぐち》がたずねた。

彼女《かのじょ》はモデルをしていて、表舞台《おもてぶたい》で活躍《かつやく》しているせいか気《き》が強《つよ》いところがある。

「私《わたし》たちに罪《つみ》があるとして、なんのためにそんなことをするってわけ？」

『いい質問《しつもん》ですね……。われわれは子《こ》どもの罪《つみ》を裁《さば》く闇《やみ》の執行人《しっこうにん》です。子《こ》どものしたことだから、まだ未成年《みせいねん》だから……とあなたたちが罪《つみ》を裁《さば》かれる機会《きかい》はほとんどありません。しかし……被害者《ひがいしゃ》のほうは一生《いっしょう》その傷《きず》を負《お》って生《い》きていかなければなりません。毎日怯《まいにちおび》えたり、つらい出来事《できごと》がフラッシュバックしたりすることもあるでしょう。罪《つみ》を犯《おか》した人間《にんげん》は何食《なにく》わぬ顔《かお》でのうのうと生《い》きているというのに。そんなやつらを許《ゆる》すことができるでしょうか？』

サバキは淡々《たんたん》と伝《つた》えているが、言葉《ことば》に強《つよ》い意思《いし》を感《かん》じた。

『ゲームによって、あなたたちの罪《つみ》を裁《さば》く……これが目的《もくてき》です』

「けっ、そんなこと知《し》るかよ。裁《さば》くとかエラそうに！　俺《おれ》たちのことバカにしやがって！」

「そうだ、そうだ！　知《し》りもしないやつにそんなこと言《い》われたくねぇよ」

みんなは口々《くちぐち》に抗議《こうぎ》の声《こえ》をあげる。

しかし、サバキは無視《むし》して説明《せつめい》を続《つづ》けた。

『みなさまには今《いま》から四《よっ》つのステージに挑戦《ちょうせん》していただきます。まず第一《だいいち》ステージは、この学校《がっこう》の校舎《こうしゃ》を使《つか》った**『サバイバルドロケイ』**になります』

サバイバルドロケイ？

勝手《かって》にゲームに参加《さんか》させられて、どういうことなんだ……？

いまだにこれは先生《せんせい》が企画《きかく》した遊《あそ》びなんじゃないかと疑《うたが》ってしまう。

『もちろん罪《つみ》を犯《おか》したキミたちはドロボウ役《やく》です。そして鬼役《おにやく》として警察《けいさつ》を二人《ふたり》手配《てはい》しました』

モニターには本物《ほんもの》の警察《けいさつ》の制服《せいふく》を着《き》ている男《おとこ》たちが映《うつ》っていた。

「え、本物《ほんもの》？」

「テレビの撮影《さつえい》とか？」

「でもそんなの聞《き》いてないじゃない」

井戸口《いどぐち》グループの女子《じょし》たちがモニターに向《む》かって言《い》っている。

そうだよな、ドッキリの撮影《さつえい》みたいな特殊《とくしゅ》なことが起《お》きてるって可能性《かのうせい》もあるよな。

『ルールは簡単《かんたん》。**今《いま》から一時間《いちじかん》、警察《けいさつ》に捕《つか》まらなければ、第一《だいいち》ステージクリア！** ただし、校舎《こうしゃ》の外《そと》に出《で》ることはできませ～ん～！　建物《たてもの》の中《なか》で鬼《おに》ごっこをしてくださいね～』

まだ意味《いみ》がわからない。

先生《せんせい》からはこんなことするなんて聞《き》いてない。

『警察《けいさつ》に捕《つか》まった場合《ばあい》、罪人《ざいにん》であるみなさまはすぐに処刑《しょけい》されます。**処刑《しょけい》――すなわち死《し》**を意味《いみ》するので、必死《ひっし》に逃《に》げてくださいね』

死《し》……？

今《いま》、死《し》ぬことになるって言《い》ったか？

なんだよ、それ。こんなことありえねぇだろ。

俺《おれ》が驚《おどろ》いていると、窓《まど》ぎわの席《せき》に座《すわ》っている三田村景斗《みたむらけいと》が吐《は》き捨《す》てるように言《い》う。

「あのさあ！　バカじゃん？　死《し》ぬとかウソくさ。そんな子《こ》どもだましのゲームなんてするわけないじゃん」

三田村《みたむら》は頭《あたま》がよくて、先生《せんせい》のミスまでも指摘《してき》するような人間《にんげん》だ。

「俺《おれ》、こういうくだらないことに時間《じかん》を使《つか》わないタチなんだ。別《べつ》にクラスの人《ひと》とも仲良《なかよ》くないし、遊《あそ》びなんかしてる時間《じかん》がもったいないんだよ。ゲームとかダルすぎ……帰《かえ》らせてくれない？　カギ開《あ》けてよ」

そう言《い》って教室《きょうしつ》の扉《とびら》に手《て》をかける。

『それは、ゲームを放棄《ほうき》するということでよろしいでしょうか？』

サバキが低《ひく》い声《こえ》でたずねる。

「だからそう言《い》ってんじゃん！」

三田村《みたむら》がイラ立《だ》ったように答《こた》えると、サバキは言《い》った。

『では処刑《しょけい》させていただきます』

処刑《しょけい》……？

「……は？」

三田村《みたむら》の乾《かわ》いた声《こえ》がした瞬間《しゅんかん》。

——バンッ。

銃声《じゅうせい》が教室《きょうしつ》に響《ひび》き渡《わた》る。

「え」

そしてその銃弾《じゅうだん》は三田村《みたむら》の頭《あたま》をキレイに貫通《かんつう》した。

「三田村《みたむら》……っ！」

「きゃあああああ！」

バタンと音《おと》を立《た》ててその場《ば》に倒《たお》れる三田村《みたむら》。

なんだ、今《いま》の銃弾《じゅうだん》はどこから!?

三田村《みたむら》のそばの席《せき》にいた宮田勇斗《みやたゆうと》がのぞきこむ。

俺《おれ》も急《いそ》いで行《い》くと、三田村《みたむら》は頭《あたま》から血《ち》を流《なが》して倒《たお》れていた。

「ウソだろ……」

彼《かれ》の体《からだ》を揺《ゆ》さぶってみる。

「息《いき》……してない」

「し、……死《し》んだのか？」

「いやぁ!!!　助《たす》けて!!!」

女子《じょし》が悲鳴《ひめい》をあげた。

どうなってるんだよ……。

『この教室《きょうしつ》には、レーザー銃《じゅう》が備《そな》わっています。私《わたし》がこのスイッチを押《お》せば、銃《じゅう》は狙《ねら》いどおりに発砲《はっぽう》されます』

サバキはわざとらしくスイッチをモニターに映《うつ》した。

本当《ほんとう》にあいつが三田村《みたむら》を殺《ころ》したのか……？

『さぁ、彼《かれ》が亡《な》くなったので罪《つみ》を暴《あば》きましょう。彼《かれ》の罪《つみ》は、教師《きょうし》いびり。特《とく》に新任《しんにん》である社会科担当《しゃかいかたんとう》の沢村恵梨香先生《さわむらえりかせんせい》には、ミスを指摘《してき》して追《お》いつめ、教師失格《きょうししっかく》だと言《い》い続《つづ》けていましたね』

その言葉《ことば》にクラスのみんながばっと顔《かお》をあげた。

そうだ。三田村《みたむら》は沢村先生《さわむらせんせい》を執拗《しつよう》に追《お》いつめて笑《わら》っていた。

『心当《こころあ》たりがあるでしょう？　あなたたちは罪人《ざいにん》です。ゲームをしないと言《い》うのなら、すぐに処刑《しょけい》されて当然《とうぜん》のこと……』

「こんなの、おかしいだろ……」

「なんだよ、さっきから罪人罪人《ざいにんざいにん》って……俺《おれ》はなにもしてねぇぞ！」

「私《わたし》だって！」

『ご自身《じしん》の罪《つみ》がわからないと言《い》うのなら……このゲームに参加《さんか》すれば答《こた》えが出《で》るかもしれませんねぇ』

サバキはニヤリと笑《わら》った。

『それではゲームを開始《かいし》しましょう。扉《とびら》のロックを解除《かいじょ》します。今《いま》から一時間《いちじかん》、みなさまは警察《けいさつ》から逃《に》げ切《き》ってくださいね。もし途中《とちゅう》で校舎《こうしゃ》の外《そと》へ出《で》たり、逃《に》げようとしたりする人《ひと》はどうなるか……もうわかっていますね』

「……っ」

俺《おれ》は息絶《いきた》えた三田村《みたむら》に視線《しせん》を向《む》けた。

逃《に》げれば死《し》。警察《けいさつ》に捕《つか》まっても死《し》。

ゲームで生《い》き残《のこ》るしかない。俺《おれ》はぎゅうっと手《て》を握《にぎ》った。

モニターの向《む》こうでは、警察《けいさつ》が駆《か》けだす準備《じゅんび》をしている。

この教室《きょうしつ》に来《く》るのか!?

『それでは、第一《だいいち》ゲームスタート！』

スタートを合図《あいず》に、みんな声《こえ》をあげながら教室《きょうしつ》から逃《に》げて行《い》く。

「キャー!!　殺《ころ》される！」

「助《たす》けてぇええ！」

三田村《みたむら》が撃《う》たれたことで誰《だれ》もがパニックになっていた。

とにかくここから離《はな》れないと……。

席《せき》を立《た》って逃《に》げようとした時《とき》、渚《なぎさ》が怖《こわ》がって床《ゆか》にうずくまっているのが見《み》えた。

「渚《なぎさ》、大丈夫《だいじょうぶ》か!?　逃《に》げるぞ……」

しかし。

「逃《に》げろおおお」

「殺《ころ》されるぞー!!」

クラスメイトにドンっと押《お》され、渚《なぎさ》が倒《たお》れてしまう。

「渚《なぎさ》……!?」

「おい、なにしてるんだ俊《しゅん》、俺《おれ》たちも早《はや》く行《い》かないと」

「悪《わる》い、先行《さきい》ってくれ……」

俺《おれ》は卓《すぐる》を先《さき》に行《い》かせて渚《なぎさ》に手《て》を貸《か》した。

「渚《なぎさ》、ここはいっしょに逃《に》げよう」

「でも……迷惑《めいわく》かける、から」

「いいよ。一人《ひとり》より助《たす》け合《あ》ったほうがいいに決《き》まってる」

俺《おれ》がそう伝《つた》えると、渚《なぎさ》は控《ひか》えめにうなずいた。

教室《きょうしつ》には俺《おれ》たちしかいなくなる。

急《いそ》がないと、ここにいるのは危険《きけん》だ。

「どこに逃《に》げるか……やっぱり屋上《おくじょう》とかがいいのかな？」

俺《おれ》がつぶやくと渚《なぎさ》は静《しず》かに言《い》った。

「屋上《おくじょう》はやめたほうが、いいと思《おも》う……。私《わたし》たちの教室《きょうしつ》は三階《さんかい》にあるから、警察《けいさつ》はここを見《み》たあとに屋上《おくじょう》にも行《い》きやすいし、屋上《おくじょう》で見《み》つかったら逃《に》げられる場所《ばしょ》がない、から……」

「そっか、そうだよな」

渚《なぎさ》って前《まえ》から、よく周《まわ》りを見《み》て冷静《れいせい》に判断《はんだん》してるところがあるんだよな。

「じゃあ俺《おれ》たちは一階《いっかい》で隠《かく》れられるところを探《さが》そう」

廊下《ろうか》に出《で》て走《はし》りながら俺《おれ》たちは会話《かいわ》をする。

「他《ほか》のクラスの人《ひと》たちはいつの間《ま》にいなくなっていたんだ？」

「わからないけど、私《わたし》たちがホームルームをする時《とき》にやけに静《しず》かだなって思《おも》ってた」

「じゃあその前《まえ》にはみんないなかったんだな……」

急《きゅう》に命《いのち》をかけたゲームが始《はじ》まってしまった。

サバキは、子《こ》どもの罪《つみ》を裁《さば》くためのゲームだって……。

『ここに残《のこ》ったみなさまは罪《つみ》を犯《おか》したことのある人《ひと》たちです』

つまり夢屋《ゆめや》くんと安西《あんざい》さんは、罪《つみ》を犯《おか》してないってことだ。

俺《おれ》の犯《おか》した罪《つみ》……か。

俺《おれ》は手《て》をぎゅっと握《にぎ》りしめる。

これからなにが起《お》きるのか、全《まった》くわからないままゲームは幕《まく》を開《あ》けた。

第一《だいいち》ゲーム：サバイバルドロケイ

一階《いっかい》にやってくるとそこは意外《いがい》と人《ひと》がおらず、俺《おれ》たちは身《み》を隠《かく》す場所《ばしょ》を探《さが》すことにした。

万《まん》が一《いち》、警察《けいさつ》に見《み》つかっても逃《に》げられる場所《ばしょ》がいい。

あとは周《まわ》りを見渡《みわた》せるようなところ……。

すると渚《なぎさ》がポツリとつぶやいた。

「非常階段《ひじょうかいだん》……」

「たしかにそうだな。俺《おれ》もそこが一番《いちばん》いいと思《おも》う」

非常階段《ひじょうかいだん》は校舎《こうしゃ》のはしっこにあり、非常《ひじょう》ドアを開《ひら》けば、そのまま階段《かいだん》で移動《いどう》することができる。

警察《けいさつ》が非常階段《ひじょうかいだん》まで追《お》って来《き》たら、階段《かいだん》を上《のぼ》って、違《ちが》う階《かい》の校舎《こうしゃ》に逃《に》げこんで、中《なか》からドアを閉《し》めて時間稼《じかんかせ》ぎをしてもいい。

階段《かいだん》は屋外《おくがい》にあるものの、非常《ひじょう》ドアが開《ひら》くなら使《つか》ってもよさそうだ。

調《しら》べてみる価値《かち》はある。

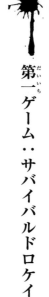

俺《おれ》たちは一階《いっかい》の奥《おく》にある非常階段《ひじょうかいだん》に向《む》かってみることにした。

「やっぱりちゃんと非常《ひじょう》ドアが開《ひら》くよ」

「よかった……」

卓《すぐる》はどこに逃《に》げたんだろう。離《はな》れたのは心配《しんぱい》だが、卓《すぐる》はサッカー部《ぶ》のキャプテンで運動神経《うんどうしんけい》も抜群《ばつぐん》だ。だから大丈夫《だいじょうぶ》だよな?

「サバキは俺《おれ》たちのことを罪人《ざいにん》だって言《い》ってた。でも、みんながみんな、罪《つみ》を犯《おか》してるようには見《み》えないよな。渚《なぎさ》だってそんなことするやつじゃないし」

「罪《つみ》……」

渚《なぎさ》はポツリとつぶやくと、それきり黙《だま》ってしまった。

渚《なぎさ》……?

するとその時《とき》。

「キャ―――!!」

誰《だれ》かの悲鳴《ひめい》が聞《き》こえてきた。

そっと校舎《こうしゃ》の中《なか》をのぞくと、品川里香《しながわりか》が廊下《ろうか》を全速力《ぜんそくりょく》で走《はし》っている。

品川《しながわ》は、井戸口《いどぐち》たちと仲《なか》のいい女子《じょし》。

派手《はで》な髪色《かみいろ》をしていて、クラスを仕切《しき》っているグループの一人《ひとり》だった。
「いやぁあああ！　誰《だれ》か、助《たす》けて……！」
警察《けいさつ》はものすごいスピードで品川《しながわ》を追《お》いかける。
あんなに速《はや》いのか……。
品川《しながわ》も必死《ひっし》に走《はし》るがその差《さ》はどんどん縮《ちぢ》まってしまう。
こっちに来《く》る！
距離《きょり》が縮《ちぢ》んでいき、体力《たいりょく》がなくなっていく様子《ようす》の品川《しながわ》。
警察《けいさつ》との差《さ》がごくわずかになる。
これじゃあ……捕《つか》まる！
俺《おれ》がそう思《おも》った瞬間《しゅんかん》、品川《しながわ》は警察《けいさつ》にガッチリと肩《かた》をつかまれた。
『品川里香《しながわりか》、確保《かくほ》』
そしてアナウンスが聞《き》こえてくる。
品川《しながわ》が捕《つか》まった……。
警察《けいさつ》は彼女《かのじょ》の手首《てくび》に手錠《てじょう》をかけた。
なんだよ、あの手錠《てじょう》。まるで本当《ほんとう》の罪人《ざいにん》みたいな扱《あつか》い。

すると品川《しながわ》がへらっと笑《わら》いながら警察《けいさつ》にたずねた。

「ねぇ、ねぇ。本物《ほんもの》の警察《けいさつ》？　捕《つか》まったら死《し》ぬとか言《い》ってたけどウソだよね？　ウチ、死《し》んだりはしないよねぇ？」

すがるような表情《ひょうじょう》で品川《しながわ》がたずねた時《とき》、警察《けいさつ》はなにも言《い》わずにその場《ば》を離《はな》れた。

「放《はな》してくれるの？　やっぱり、こんなの子《こ》どもの遊《あそ》びだったんだ！　なんだ必死《ひっし》になることなんてないじゃん」

品川《しながわ》がうれしそうに声《こえ》をあげた瞬間《しゅんかん》、警察《けいさつ》が手《て》に持《も》っていたスイッチのようなものを押《お》す。

「いやあああああああ」

すると、その時《とき》品川《しながわ》は大《おお》きな悲鳴《ひめい》をあげ、身体《しんたい》をビクビクと痙攣《けいれん》させた。

品川《しながわ》……!?

そして白目《しろめ》をむいたあと、バタンと床《ゆか》に倒《たお》れてしまった。

ウソ、だろ……。なんだよ、あれは……。

品川《しながわ》はピクリとも動《うご》かなくなっていた。

あの反応《はんのう》……電流《でんりゅう》か……？

手錠《てじょう》から電気《でんき》が流《なが》れているみたいだった。

「……っ、ひ」

すると隣《となり》にいた渚《なぎさ》が悲鳴《ひめい》をあげそうになる。

「ダメだ、渚《なぎさ》……叫《さけ》んだら……」

警察《けいさつ》との距離《きょり》は近《ちか》い。声《こえ》を出《だ》したら、俺《おれ》たちがいる場所《ばしょ》がバレてしまう。

あのスピードで追《お》いかけられたら無理《むり》だ。

俺《おれ》は必死《ひっし》で渚《なぎさ》の口《くち》をふさいだ。

必死《ひっし》に息《いき》を殺《ころ》して潜《ひそ》んでいると、警察《けいさつ》がこっちに向《む》かって歩《ある》いてくる。

もしかしてバレた……？

——来《く》るな、来《く》るな、来《く》るな。

一歩《いっぽ》一歩《いっぽ》足音《あしおと》が近《ちか》づく。

頼《たの》む、気《き》づかないでくれ……。

頼《たの》みこむように手《て》を握《にぎ》りしめた時《とき》。

——ガチャ。

非常階段《ひじょうかいだん》のドアノブが回《まわ》された。

まずい……！　見《み》つかる……！

——ドクン、ドクン、ドクン。

心臓《しんぞう》の音《おと》が加速《かそく》したその瞬間《しゅんかん》。

「うわあああ！　品川《しながわ》が、里香《りか》が殺《ころ》されたあああああっ！」

誰《だれ》かの悲鳴《ひめい》が聞《き》こえてきた。

その瞬間《しゅんかん》、警察《けいさつ》はドアノブを放《はな》した。

開《ひら》こうとしていたドアが閉《し》まり、足音《あしおと》が遠《とお》ざかる。

行《い》ったのか……。

「たす、かった……」

渚《なぎさ》が震《ふる》えている。

そうだよな、目《め》の前《まえ》でクラスメイトが死《し》んだんだ。

俺《おれ》は唇《くちびる》を噛《か》みしめながら渚《なぎさ》の背中《せなか》をさすった。

どうするか……。

動《うご》かずにここで時間《じかん》が過《す》ぎるのを待《ま》っているのが一番安全《いちばんあんぜん》な気《き》がする。

「渚《なぎさ》、第一《だいいち》ゲームはずっとここに隠《かく》れていよう」

俺《おれ》がそう伝《つた》えた時《とき》。

「それは困《こま》るなぁ」

平沢《ひらさわ》くん、中村《なかむら》くん、吉野《よしの》くんが非常階段《ひじょうかいだん》を降《お》りてきた。

「ここは隠《かく》れるのにちょうどいい。万《まん》が一見《いちみ》つかっても逃《に》げやすいしな。俺《おれ》たちの居場所《いばしょ》にするからお前《まえ》らはさっさと他《ほか》へ行《い》け」

「そんな……っ、ここは俺《おれ》らが見《み》つけたんだ！　平沢《ひらさわ》くんたちも気《き》に入《い》ったんなら、いっしょに隠《かく》れたっていいだろう？」

「いっしょに？　いいぜ？　その代《か》わり警察《けいさつ》が来《き》たら、俺《おれ》は迷《まよ》わずコイツをドンっと警察《けいさつ》のほうに突《つ》き出《だ》すけどな」

そう言《い》って平沢《ひらさわ》くんは渚《なぎさ》の肩《かた》をつかんだ。

「いやっ……!」

「やめろよ!」

「それでもいいなら残《のこ》ればいい。このクラスを支配《しはい》してるのは誰《だれ》なのかよく考《かんが》えろ」

クッソ……。まさか平沢《ひらさわ》くんたちがいるなんて思《おも》わなかった。

ここにいたら危険《きけん》だ。なにを命令《めいれい》されるかわからない。

「渚《なぎさ》、他《ほか》の場所《ばしょ》を探《さが》そう」

俺《おれ》は渚《なぎさ》の手《て》を引《ひ》いて別《べつ》の場所《ばしょ》を探《さが》すことにした。

「へっ、警察《けいさつ》に見《み》つからないように気《き》をつけろよ〜」

余裕《よゆう》そうに笑《わら》う平沢《ひらさわ》くんたちをあとにして、俺《おれ》たちは立《た》ち去《さ》る。

「ごめんな、平沢《ひらさわ》くんたちにちゃんと言《い》えなくて」

歩《ある》きながら渚《なぎさ》にあやまると、渚《なぎさ》は首《くび》を振《ふ》った。

「あそこにいたく、ないから……」

「そうだよな。違《ちが》うところに行《い》こう。卓《すぐる》も探《さが》したいし……」

すると、再《ふたた》びアナウンスが聞《き》こえる。
『雨宮拓《あまみやたく》、確保《かくほ》』
『新藤小百合《しんどうさゆり》、確保《かくほ》』
次々《つぎつぎ》にクラスメイトが捕《つか》まえられていく。
警察《けいさつ》は二人《ふたり》だけなのに、こんなに早《はや》く捕《つか》まってしまうのか……。
『残《のこ》り時間三十分《じかんさんじゅっぷん》』
ゲーム時間《じかん》はあと半分《はんぶん》もある。
どこかいい隠《かく》れ場所《ばしょ》を探《さが》さないと……。
「そうだ、多目的室《たもくてきしつ》なんてどうかな？」
俺《おれ》が提案《ていあん》すると、渚《なぎさ》はこくんとうなずいた。
多目的室《たもくてきしつ》の一《ひと》つしかない扉《とびら》には、「使用禁止《しようきんし》」の貼《は》り紙《がみ》があったはずだ。
あそこなら警察《けいさつ》も、使《つか》われていないと思《おも》って探《さが》しに来《こ》ないかもしれない。
俺《おれ》と渚《なぎさ》は身《み》をひそめながら、多目的室《たもくてきしつ》に向《む》かった。
「ついた」
多目的室《たもくてきしつ》の扉《とびら》をそっと開《あ》けた時《とき》、目《め》の前《まえ》では三人《さんにん》のクラスメイトと警察《けいさつ》が向《む》き合《あ》っている状態《じょうたい》だった。

「……っ！」

やべぇ、いるじゃねぇか。

クッソ、みんな考《かんが》えることは同《おな》じってことか……。

警察《けいさつ》だってそこまでバカじゃない。

警察《けいさつ》の前《まえ》にいるクラスメイトは、黒岩龍《くろいわりゅう》と相川美月《あいかわみつき》、それから宮田《みやた》だった。

三人《さんにん》は昔《むかし》からつき合《あ》いのある幼《おさな》なじみで、学校《がっこう》でもいつもいっしょに行動《こうどう》している。

逃《に》げるときもいっしょだったんだろう。

どうする？　このままじゃ三人《さんにん》が捕《つか》まるのは、目《め》に見《み》えてる。

なにか、なにかできないか。

警察《けいさつ》はまだ俺《おれ》たちに気《き》づいていない。

俺《おれ》は真《ま》ん中《なか》にいる黒岩《くろいわ》に合図《あいず》を出《だ》す。

〝左《ひだり》から扉《とびら》に向《む》かって逃《に》げろ〟

そして、俺《おれ》は警察《けいさつ》に向《む》かってドンっと体当《たいあ》たりをした。

不意打《ふいう》ちをくらった警察《けいさつ》はぐらりと体勢《たいせい》を崩《くず》す。

「逃《に》げろ！」

俺《おれ》が大《おお》きな声《こえ》でそう発《はっ》した時《とき》、三人《さんにん》は一気《いっき》に駆《か》けだした。

あとを追《お》うように、俺《おれ》も多目的室《たもくてきしつ》から出《で》る。

「逃《に》げるぞ、渚《なぎさ》！」

俺《おれ》は渚《なぎさ》の手《て》を取《と》り、全速力《ぜんそくりょく》で逃《に》げた。

「俊《しゅん》、悪《わる》いな」

黒岩《くろいわ》が走《はし》りながらお礼《れい》を言《い》う。

「もう終《お》わったかと思《おも》った……」

相川《あいかわ》の言葉《ことば》に宮田《みやた》は言《い》った。

「まだだ。追《お》いかけて来《き》てる！」

警察《けいさつ》が俺《おれ》たちのあとを追《お》って来《く》る。

ものすごいスピードだ。

「クッソ、速《はや》すぎる。このまま走《はし》ってたらダメだ。追《お》いつかれる！」

黒岩《くろいわ》がそうこぼすと、宮田《みやた》が提案《ていあん》をした。

「このまま、まっすぐ突《つ》っ切《き》ると行《い》き止《ど》まりだ。次《つぎ》の角《かど》を曲《ま》がって階段《かいだん》を上《のぼ》ろう」

「そうだな、そうしよう。美月《みつき》と渚《なぎさ》ちゃんの手《て》は俺《おれ》らが引《ひ》っ張《ぱ》ろう」

「龍《りゅう》……っ」

「曲《ま》がるぞ！」

階段《かいだん》が見《み》えて、角度《かくど》を大《おお》きく変《か》えたその瞬間《しゅんかん》。

「えっ⁉」

突然《とつぜん》、黒岩《くろいわ》が転《ころ》んでしまった。

「黒岩《くろいわ》！」

名前《なまえ》を叫《さけ》ぶが立《た》ち止《ど》まることはできない。

俺《おれ》たちは階段《かいだん》を駆《か》けあがり、黒岩《くろいわ》は完全《かんぜん》に見《み》えなくなってしまった。

「そんな……黒岩《くろいわ》が急《きゅう》に転《ころ》んだ……？　どうしよう、助《たす》けに行《い》かなきゃ」

俺《おれ》が言《い》うと宮田《みやた》が止《と》める。

「そんなことしたらお前《まえ》が捕《つか》まるんだぞ！」

「でも……」

「大丈夫《だいじょうぶ》だ。龍《りゅう》は逃《に》げ足《あし》も速《はや》いから、警察《けいさつ》をかいくぐって逃《に》げられるはずだ」

「そうだよね」

相川《あいかわ》がそう言《い》った時《とき》、アナウンスが響《ひび》く。

『黒岩龍《くろいわりゅう》、確保《かくほ》』

「……っ」

相川《あいかわ》と宮田《みやた》の顔《かお》が絶望《ぜつぼう》に染《そ》まった。

「そんな……っ。ねぇ、ねぇでもさぁ、大丈夫《だいじょうぶ》だよね。死《し》ぬとか言《い》ってたけどあんなのは脅《おど》しで……」

相川《あいかわ》が不安《ふあん》そうに言葉《ことば》を漏《も》らす。脅《おど》しだって思《おも》いたいのはわかる。でも……。

ふと廊下《ろうか》の向《む》こうに目《め》をやると、さっき確保《かくほ》のアナウンスがあった新藤《しんどう》が倒《たお》れていた。

その手《て》には手錠《てじょう》がかけられている。

「し、新藤《しんどう》さん……！」

相川《あいかわ》が新藤《しんどう》の体《からだ》を揺《ゆ》らす。

しかし、彼女《かのじょ》が動《うご》くことはなかった。

「ど、どういうこと……新藤《しんどう》さんってさっき捕《と》らえられて……」

「俺《おれ》たち、見《み》たんだ。品川《しながわ》が警察《けいさつ》に殺《ころ》されるところ……。捕《つか》まった人《ひと》は手錠《てじょう》をかけられ、それから警察《けいさつ》がボタンを押《お》して……電流《でんりゅう》みたいなものが体《からだ》を流《なが》れて死《し》んでいった」

「ウソ、でしょ……っ」

相川《あいかわ》の目《め》には涙《なみだ》があった。

「じゃあ、龍《りゅう》は死《し》んじゃうの……？　私《わたし》、戻《もど》らないと」

「ダメだ！」

宮田《みやた》が言《い》う。

「戻《もど》ったらお前《まえ》まで死《し》ぬことになるだろ……」

「龍《りゅう》は私《わたし》の好《す》きな人《ひと》なんだもん。それなのに……っ。うわあああああ」

相川《あいかわ》はその場《ば》で泣《な》きじゃくる。

黒岩《くろいわ》もきっと……品川《しながわ》や新藤《しんどう》たちと同《おな》じ目《め》に遭《あ》ってしまうだろう。

「龍《りゅう》……っ、龍《りゅう》……」

相川《あいかわ》はずっと声《こえ》をあげて泣《な》いていた。

「ここに立《た》ち止《ど》まってたら、また警察《けいさつ》に見《み》つかるかもしれない。移動《いどう》しよう。俊《しゅん》たちはどこかに逃《に》げてくれ。俺《おれ》、美月《みつき》を落《お》ちつかせるから」

宮田《みやた》は俺《おれ》たちにそう伝《つた》えると、近《ちか》くにある教室《きょうしつ》に入《はい》った。

相川《あいかわ》、大丈夫《だいじょうぶ》かな……。

『残《のこ》り時間《じかん》はあと十分《じゅっぷん》になりました。みなさまがんばって逃《に》げ切《き》ってくださいね』

あと十分《じゅっぷん》……。警察《けいさつ》に見《み》つからなければ、なんとか逃《に》げられそうな時間《じかん》だが、一回《いっかい》も卓《すぐる》とは会《あ》っていない。

まだアナウンスはないから捕《つか》まってないはずだが……。

『横山花《よこやまはな》、確保《かくほ》』

『杉田《すぎた》みやび、確保《かくほ》』

またクラスメイトが……。どんどん捕《つか》まってしまう。

クラスメイトの名前《なまえ》が呼《よ》ばれるたび、次《つぎ》は自分《じぶん》なんじゃないかとあせってしまう。

でも、動《うご》き回《まわ》れば、警察《けいさつ》に見《み》つかる可能性《かのうせい》だって高《たか》くなる。

俺《おれ》たちは人《ひと》の気配《けはい》がなさそうな図書室《としょしつ》に入《はい》ることにした。

「いったん、ここに隠《かく》れよう。……ごめんな、たくさん走《はし》らせることになって」

渚《なぎさ》は息《いき》を切《き》らしながらも、ふるふると頭《あたま》をふった。

「警察《けいさつ》の気配《けはい》がないか確認《かくにん》してくるよ」

渚《なぎさ》を置《お》いて廊下《ろうか》を見《み》に行《い》く。

すると、廊下《ろうか》の奥《おく》でうめきながらうずくまっている卓《すぐる》がいた。

「クッソ……」

「卓《すぐる》！　なにやってんだよ！」

「俊《しゅん》か……」

俺《おれ》は走《はし》って卓《すぐる》のところへ向《む》かう。

卓《すぐる》は右足《みぎあし》を必死《ひっし》に押《お》さえていた。

「こんなところで見《み》つかったらすぐ捕《つか》まるぞ」

「わかってる……。でも、さっき階段《かいだん》から足《あし》を踏《ふ》み外《はず》しちまったんだ。なんとか警察《けいさつ》からは逃《に》げられたんだけど、ひねったみたいで歩《ある》けねぇ」

「なんだって!?」

「ここまで引《ひ》きずって来《き》たんだけど、さすがに体力《たいりょく》が……」

「俺《おれ》につかまって」

俺《おれ》は卓《すぐる》の肩《かた》を支《ささ》えながら、図書室《としょしつ》に向《む》かって歩《ある》きだした。

「図書室《としょしつ》に渚《なぎさ》といるんだ。隠《かく》れるところがたくさんあるし、あと十分《じゅっぷん》くらいならしのげると思《おも》う」

「悪《わる》いな……本当《ほんとう》」

卓《すぐる》はさみしそうにつぶやいた。

「俺《おれ》の前《まえ》をさ、何人《なんにん》もクラスメイトが通《とお》ったんだ。助《たす》けてくれって言《い》ってもみんな素通《すどお》りするばかりで……でもお前《まえ》は助《たす》けてくれるんだな」

「当《あ》たり前《まえ》だろ。友達《ともだち》なんだから……」

「友達《ともだち》、か……。お前《まえ》は友達《ともだち》にやさしいんだな」

どういう意味《いみ》だ……？

「俊《しゅん》と友達《ともだち》でよかったよ。でもさ……俺《おれ》を置《お》いていけ」

「は？」

急《きゅう》になんだ……？

卓《すぐる》を見《み》ると前《まえ》を指《ゆび》さしている。

そこには……。

「……っ」

警察《けいさつ》が立《た》っていた。

ヤバい……っ。どうする。

動《うご》けない卓《すぐる》とどうやって逃《に》げる。

「早《はや》く逃《に》げろ！」
卓《すぐる》はそう言《い》って俺《おれ》を突《つ》き飛《と》ばした。
ダメだ。置《お》いていったら……。それこそ見捨《みす》てたことになる。
『……助《たす》けて……っ、俊《しゅん》』
絶対《ぜったい》にダメだ。
走《はし》りだそうとする警察《けいさつ》。
俺《おれ》が今《いま》、できることは……。
俺《おれ》は卓《すぐる》の前《まえ》に回《まわ》りこんだ。
「なにしてんだよ！」
時間《じかん》はもう少《すこ》ししかないはずだ。
俺《おれ》が捕《つか》まれば。
警察《けいさつ》に立《た》ち向《む》かって時間稼《じかんかせ》ぎすれば、卓《すぐる》だけはクリアできる。
今《いま》の状況《じょうきょう》がスローモーションで見《み》えた。
目前《もくぜん》までやってくる警察《けいさつ》。
思《おも》わず目《め》を閉《と》じる。

ああ、捕《つか》まる……。もう終《お》わりだ。

でもこれでよかったのかもしれない。

あきらめた瞬間《しゅんかん》。

——ドサ。

大《おお》きな物音《ものおと》が聞《き》こえてきた。

なんだ……。

おそるおそる顔《かお》をあげると、目《め》の前《まえ》の警察《けいさつ》が、あと一歩《いっぽ》というところで床《ゆか》に倒《たお》れこんでいた。

『ピ————!!!　ゲーム終了《しゅうりょう》です』

その時《とき》、アナウンスが聞《き》こえた。

「助《たす》かった……っ？」

警察《けいさつ》はくやしそうな顔《かお》をして立《た》ちあがり、その場《ば》を去《さ》る。

俺《おれ》たちを捕《つか》まえる直前《ちょくぜん》、警察《けいさつ》が転《ころ》んだお

かげで助《たす》かった。

でもどうして……。

ここは転《ころ》ぶようなところでは……。

見《み》てみると、警察《けいさつ》が転《ころ》んだところに本《ほん》が落《お》ちていた。

すると渚《なぎさ》が図書室《としょしつ》から出《で》てくる。

「渚《なぎさ》、もしかして……お前《まえ》がやってくれたのか……」

「俊《しゅん》くんが、捕《つか》まっちゃうって思《おも》った、から……」

渚《なぎさ》がとっさに警察《けいさつ》の足下《あしもと》に本《ほん》を投《な》げて、その本《ほん》に足《あし》を取《と》られて警察《けいさつ》が転《ころ》んだ。

間一髪助《かんいっぱつたす》かった……。

「ありがとう渚《なぎさ》……」

「そっか、椎名《しいな》が助《たす》けてくれたのか……もうダメかと思《おも》ったぜ。ありがとな、助《たす》かったよ」

渚《なぎさ》はぶんぶんと首《くび》をふった。

はぁ……死《し》ぬかと、思《おも》った。

『ゲームをクリアしたみなさま、おめでとうございます！　第一《だいいち》ステージ、見《み》ごと生《い》き残《のこ》りです』

よかった……。俺《おれ》たちは助《たす》かることができたんだ。
『次《つぎ》からは**正式《せいしき》なステージ**にご招待《しょうたい》しましょう』
正式《せいしき》なステージ……？
疑問《ぎもん》に思《おも》った時《とき》、校舎《こうしゃ》の中《なか》に白《しろ》い煙《けむり》が立《た》ちこめた。
なんだこの煙《けむり》は……。
「マズい、吸《す》いこむと……」
体《からだ》の力《ちから》がゆっくりと抜《ぬ》けていく。眠《ねむ》くて、なににも、あらがえ、ない……。
――バタン。

×処刑《しょけい》

三田村景斗《みたむらけいと》
品川里香《しながわりか》
新藤小百合《しんどうさゆり》
雨宮拓《あまみやたく》
横山花《よこやまはな》
杉田《すぎた》みやび
黒岩《くろいわ》　龍《りゅう》

○生《い》き残《のこ》り

相川美月《あいかわみつき》
井戸口真菜《いどぐちまな》
大貫《おおぬき》　俊《しゅん》
小野寺莉子《おのでらりこ》
木村貴斗《きむらたかと》
椎名《しいな》　渚《なぎさ》
清水太陽《しみずたいよう》
白金皐月《しろがねさつき》
城山里美《しろやまさとみ》
中村啓介《なかむらけいすけ》
新山健太《にいやまけんた》
根本《ねもと》　卓《すぐる》
花田麻子《はなだあさこ》
浜中美緒《はまなかみお》
平沢康太《ひらさわこうた》
松本拓人《まつもとたくと》
宮田勇斗《みやたゆうと》
吉野《よしの》　満《みつる》

残《のこ》り　十八人《じゅうはちにん》

第二《だいに》ゲーム：仲良《なかよ》しカギ開《あ》けゲーム

「んっ……」

床《ゆか》が冷《つめ》たい……。騒《さわ》がしい。

俺《おれ》は体《からだ》の痛《いた》みで目《め》が覚《さ》めた。

目《め》を開《あ》けると、何人《なんにん》かのクラスメイトが視界《しかい》に入《はい》った。

そうだ、ゲームはどうなったんだ!?　あのあと、急《きゅう》に眠《ねむ》くなってしまって……。

俺《おれ》はあわてて立《た》ちあがる。

「なんだよ、これ」

すると、そこには信《しん》じられない光景《こうけい》が広《ひろ》がっていた。

目《め》の前《まえ》には鉄柵《てつさく》。

あたりは薄暗《うすぐら》く、冷《つめ》たいコンクリートで囲《かこ》まれている。

コンクリートの建物《たてもの》の中《なか》にある、**巨大《きょだい》な監獄《かんごく》**の中《なか》に俺《おれ》たちは入《はい》っている。

「どうして……ゲームをクリアしたんじゃないのか」

起《お》きたクラスメイトたちは、鉄柵《てつさく》をたたきながら怒鳴《どな》り声《ごえ》をあげている。

「おい、俺《おれ》たちはゲームをクリアしただろ！　どうして牢屋《ろうや》に入《い》れられてるんだよ！　ここから出《だ》せ！」

「もう解放《かいほう》してよ！」

すると、卓《すぐる》がこっちにやってくる。

「起《お》きたか、俊《しゅん》。どうやら第一《だいいち》ゲームをクリアしたクラスメイトが全員《ぜんいん》ここに連《つ》れて来《こ》られてる」

「どうしてだ!?」

「そんなのわからないよ」

みんながパニックになっていた時《とき》、コンクリートにうめこまれているモニターに文字《もじ》が映《うつ》った。

三田村景斗《みたむらけいと》　【罪状《ざいじょう》】教師《きょうし》いびり、マウント行為《こうい》
品川里香《しながわりか》　【罪状《ざいじょう》】無断転載《むだんてんさい》マンガの愛読《あいどく》
新藤小百合《しんどうさゆり》　【罪状《ざいじょう》】弟《おとうと》への暴力《ぼうりょく》

雨宮拓《あまみやたく》　【罪状《ざいじょう》】匿名《とくめい》SNS《エスエヌエス》での暴言《ぼうげん》書《か》きこみ
横山花《よこやまはな》　【罪状《ざいじょう》】好《す》きな相手《あいて》へのつきまとい、ストーカー行為《こうい》
杉田《すぎた》みやび　【罪状《ざいじょう》】読書感想文《どくしょかんそうぶん》をネットから盗用《とうよう》
黒岩龍《くろいわりゅう》　【罪状《ざいじょう》】思《おも》わせぶり行為《こうい》

「なんだこれは！」

すると、さっきモニターに映《うつ》っていたサバキがやってきた。

「みなさま、全員《ぜんいん》お目覚《めざ》めのようですね。改《あらた》めてゲームクリアおめでとうございます！」

パチパチと拍手《はくしゅ》をする。

コイツがサバキか……。

モニターで見《み》るよりも、不気味《ぶきみ》な雰囲気《ふんいき》をかもし出《だ》している。

「今《いま》モニターに映《うつ》しているのは、それぞれの罪状《ざいじょう》です。これで、なんの罪《つみ》があってこのゲームに連《つ》れて来《こ》られたのかわかるでしょう？」

「わかるでしょうって……ネットにある無断転載《むだんてんさい》のマンガを見《み》るなんて、よくあるやつじゃない！　こんなんで罪《つみ》を抱《かか》えてるとか言《い》われても……」

「よくある？　けど違法《いほう》だよ？　よくあるって、それで見逃《みのが》していいのぉ？　そんなことしているからこの世界《せかい》は真《ま》っ黒《くろ》な世界《せかい》になっていくんじゃないのぉ？　僕《ぼく》たちはね、罪《つみ》のないキレイな世界《せかい》を目指《めざ》しているんです。みんなが正直《しょうじき》で清《きよ》く、正《ただ》しく生《い》きていく世界《せかい》ですよ。平和《へいわ》じゃないですか？」

サバキの言《い》いたいことはわかる。

でも……やっていることが飛躍《ひやく》しすぎてる。

「まぁ、どのみちキミたちはなにもしないでここから出《で》られることはないのだから、ゲームを行《おこな》ってもらいますよ～！」

サバキはそう伝《つた》えると、ゲームの説明《せつめい》を始《はじ》めた。

「第二《だいに》ゲームは、仲良《なかよ》しカギ開《あ》けゲーム。まずは好《す》きなもの同士《どうし》、ペアを組《く》んでください」

サバキに言《い》われ、とまどう俺《おれ》たち。

急《きゅう》な話《はなし》で、誰《だれ》と組《く》めばいいのかわからない。

「あれ？　動《うご》かない感《かん》じ？　当然《とうぜん》だけど、ペアを組《く》まなかった場合《ばあい》はゲーム放棄《ほうき》と見《み》なして……処刑《しょけい》。まぁ、どうなるかはわかりますよね？」

「……っ！」

みんなはサバキの言葉《ことば》を聞《き》き、あわてて二人一組《ふたりひとくみ》になった。

俺《おれ》は渚《なぎさ》もいるし……、卓《すぐる》はどう思《おも》ってるだろう？

すると卓《すぐる》のほうから声《こえ》をかけてくれた。

「俊《しゅん》は渚《なぎさ》と組《く》むだろ？　俺《おれ》は吉野《よしの》のこと誘《さそ》ってみるから」

「いいのか？」

「おう、吉野《よしの》とはサッカー部《ぶ》もいっしょだし、平沢《ひらさわ》たちのグループは、平沢《ひらさわ》と中村《なかむら》、吉野《よしの》の三人《さんにん》だしな。それに渚《なぎさ》にも助《たす》けてもらった借《か》りがある」

「でも吉野《よしの》くんって……平沢《ひらさわ》くんたちといつもいっしょにいるし」

「俺《おれ》の心配《しんぱい》をしてくれてるのか？　大丈夫《だいじょうぶ》だって。吉野《よしの》は本当《ほんとう》はイジメなんかしたくないって言《い》ってた。でもグループを抜《ぬ》けると今度《こんど》は自分《じぶん》がイジメられるんじゃないかって、怖《こわ》くていっしょにいるんだって。そういう気持《きも》ち、俺《おれ》もわかるからさ……現《げん》に吉野《よしの》は仁科《にしな》にも手《て》を出《だ》したりはしてないしな」

平沢《ひらさわ》くんたちのグループにいるものの控《ひか》えめで、派手《はで》な行動《こうどう》をしたりもせず、どっちかというと傍観《ぼうかん》していることが多《おお》い感《かん》じの吉野《よしの》くん。

性格《せいかく》はおだやかでおとなしめだ。

サッカー部《ぶ》で仲良《なかよ》くしている卓《すぐる》が言《い》うなら大丈夫《だいじょうぶ》か……。

「ありがとう、卓《すぐる》」

卓《すぐる》は平沢《ひらさわ》くんグループのほうに向《む》かった。

渚《なぎさ》のほうを向《む》き俺《おれ》は問《と》いかける。

「渚《なぎさ》、俺《おれ》でよかったらいっしょにペア組《く》んでほしいんだけど……」

「…………」

しかし渚《なぎさ》の反応《はんのう》はない。

「あ、いや……組《く》みたい人《ひと》がいるなら別《べつ》に……」

渚《なぎさ》はフルフルと首《くび》をふった。

「組《く》みたい、俊《しゅん》くんと。でも一《ひと》つだけ聞《き》きたいことがある……」

「どうした？」

「どうして最初《さいしょ》、私《わたし》のこと……助《たす》けてくれたの？　そのまま教室《きょうしつ》に置《お》いて卓《すぐる》くんと逃《に》げることだってできたでしょ？」

「どうしてってそりゃ……」

小学校《しょうがっこう》のころ、俺《おれ》と渚《なぎさ》は、同《おな》じ図書委員《としょいいん》で仲良《なかよ》くなった。

『わからないことはなんでも聞《き》いて、私《わたし》ずっと図書委員《としょいいん》だったから教《おし》えてあげる』

渚《なぎさ》は本当《ほんとう》に誰《だれ》にでもやさしい子《こ》だった。

『なにかお困《こま》りですか？』

『その本《ほん》ならこっちの棚《たな》にありますよ』

困《こま》っている人《ひと》がいたら声《こえ》をかけて、自分《じぶん》の力《ちから》を貸《か》すことのできる人《ひと》。

そんな渚《なぎさ》のことをいいなと思《おも》っている自分《じぶん》がいて、二人《ふたり》で過《す》ごす時間《じかん》がいつの間《ま》にか楽《たの》しみになっていた。

しかしある日突然《ひとつぜん》、彼女《かのじょ》から笑顔《えがお》が消《き》えた。

渚《なぎさ》のお母《かあ》さんが事故《じこ》に遭《あ》って意識《いしき》を失《うしな》っている。

明《あか》るかった彼女《かのじょ》から笑顔《えがお》は消《き》え、そして誰《だれ》も寄《よ》せつけなくなった。

それを見《み》て、俺《おれ》が救《すく》いたいって思《おも》ったんだ。

それを伝《つた》えると、渚《なぎさ》は小《ちい》さく笑《わら》った。

「俊《しゅん》くんってやさしいね……ずっと。でも私《わたし》、救《すく》われるべき人間《にんげん》じゃないから」

「えっ」

どういうことだ？

俺《おれ》が聞《き》き返《かえ》しても渚《なぎさ》はそれ以上話《いじょうはな》さなかった。

「全員《ぜんいん》ペアになれたようだね。それでは、ゲームの準備《じゅんび》をさせてもらうよ」

サバキがそう言《い》うと、覆面《ふくめん》をかぶった男《おとこ》たちが現《あらわ》れた。

「な、なに!?」

「なにが始《はじ》まるのよ！」

覆面《ふくめん》の男《おとこ》たちが牢屋《ろうや》のカギを開《あ》けると、この部屋《へや》を出《で》るように命《めい》じられる。

「出《で》られるのか……」

そして俺《おれ》たちは、隣《となり》の部屋《へや》へと連《つ》れられていく。

そこには透明《とうめい》なガラスで囲《かこ》まれた箱《はこ》のような九《ここの》つの個室《こしつ》が一列《いちれつ》に並《なら》べられていた。

個室《こしつ》は広《ひろ》く、二人《ふたり》くらいが手《て》を広《ひろ》げてもぶつからないくらいの大《おお》きさだ。

その箱《はこ》の真《ま》ん中《なか》にポールが立《た》っている。

ペアごとに中《なか》に入《い》れられると、そのポールを中心《ちゅうしん》に背中合《せなかあ》わせに立《た》たされる。そして
覆面《ふくめん》の男《おとこ》は俺《おれ》たちの手首《てくび》にガシャンと手錠《てじょう》をかけた。

俺《おれ》たちは背中合《せなかあ》わせで手錠《てじょう》をポールにくくりつけられて拘束《こうそく》された。

「な……っ、手錠《てじょう》!?」

「なんだよこれ……」

「あなたたちは罪人《ざいにん》なので手錠《てじょう》をしてもらうのは当《あ》たり前《まえ》のことです」

騒《さわ》ぎをしずめるようにサバキが言《い》う。

「今《いま》からチャレンジしてもらうのは、この**人間水槽《にんげんすいそう》からの脱出《だっしゅつ》**です」

緊張感《きんちょうかん》が走《はし》る。

ここからどうにかして出《で》ろっていうゲームか……。

覆面《ふくめん》の男《おとこ》たちは俺《おれ》たち一人一人《ひとりひとり》にカギを配《くば》った。

「さぁみなさんにカギが渡《わた》りましたか？　みなさんが今握《いまにぎ》っているカギは**背中《せなか》にいるパー**

トナーの手《て》錠《じょう》のカギです。おたがいの手《て》錠《じょう》をはずして、ここから脱《だっ》出《しゅつ》してくださいね」

これは、渚《なぎさ》の手《て》錠《じょう》のカギ……？

ちょっと待《ま》てよ、どういうことだ!?

脱《だっ》出《しゅつ》ってもっと難《むずか》しいものだろう？

背《せ》中《なか》合《あ》わせで相《あい》手《て》のカギを開《あ》けなきゃいけないとはいえ、片《かた》方《ほう》の手《て》錠《じょう》がはずれれば、もう一《ひと》人《り》の手《て》錠《じょう》のカギを開《あ》けるのは楽《らく》勝《しょう》だ。

あまりに簡《かん》単《たん》すぎるだろ……。

覆《ふく》面《めん》の男《おとこ》たちがそれぞれの部《へ》屋《や》を出《で》て扉《とびら》を閉《し》めると、サバキが説《せつ》明《めい》を続《つづ》けた。

「ちなみにですが〜、スタートを合《あい》図《ず》に水《すい》槽《そう》には水《みず》が流《なが》れます。十《じゅう》五《ご》分《ふん》から三《さん》十《じゅっ》分《ぷん》くらいたつと、その水《すい》槽《そう》を水《みず》でいっぱいにしますから、溺《おぼ》れてしまう前《まえ》に手《て》錠《じょう》を解《と》いて脱《だっ》出《しゅつ》してください。水《みず》の勢《いきお》いは水《すい》槽《そう》によって違《ちが》いますが……それも運《うん》試《だめ》しですね」

……っ！

「ま、当《あ》たり前《まえ》だよね〜！　そんなに簡《かん》単《たん》に出《で》られたら罰《ばっ》にならないし？　キミたちは罪《ざい》人《にん》なんだから苦《く》労《ろう》してもらわないとね〜？」

やっぱりそうか。

手錠《てじょう》が水《みず》に浸《つ》かると、水《みず》の圧力《あつりょく》で小《ちい》さなカギを扱《あつか》うのも簡単《かんたん》じゃなくなる。

そして、水《みず》に溺《おぼ》れ息《いき》ができなくなるかもしれないという恐怖感《きょうふかん》。

きっとさっきよりもハードなゲームになるだろう。

「カギを解除《かいじょ》することができたら、ドアの前《まえ》にある【緊急脱出《きんきゅうだっしゅつ》ボタン】を押《お》してください。当然《とうぜん》、脱出《だっしゅつ》できなければ溺《おぼ》れ死《じ》にます」

水《みず》が少《すく》ないうちにどれだけ早《はや》く相手《あいて》のカギを開《あ》けられるかが重要《じゅうよう》になってきそうだ。

「ああ、そういえば……脱出《だっしゅつ》は二人《ふたり》そろわなくてもかまいません。一人《ひとり》だけカギを解除《かいじょ》されて完全《かんぜん》に動《うご》ける状態《じょうたい》になりましたら、お相手《あいて》を見捨《みす》ててもOK！　緊急脱出《きんきゅうだっしゅつ》ボタンを一人《ひとり》で押《お》してください。脱出《だっしゅつ》が可能《かのう》となります」

一人《ひとり》でも脱出《だっしゅつ》できる……？

二人《ふたり》で協力《きょうりょく》するゲームじゃないのか。

「ただし、一人《ひとり》だけ脱出《だっしゅつ》した場合《ばあい》。取《と》り残《のこ》されたほうは、たとえ手錠《てじょう》をはずせたとしても、水槽《すいそう》の外《そと》に出《で》ることはできません」

「ってことは、残《のこ》されたほうは溺《おぼ》れ死《じ》ぬしかないってことか？」

卓《すぐる》がたずねる。

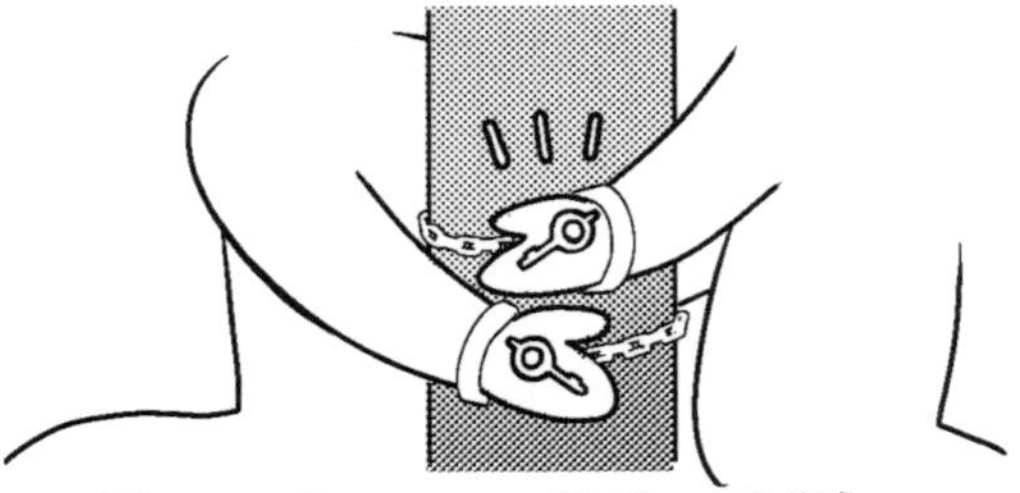

お互《たが》いが持《も》つのは相手《あいて》の手錠《てじょう》のカギ

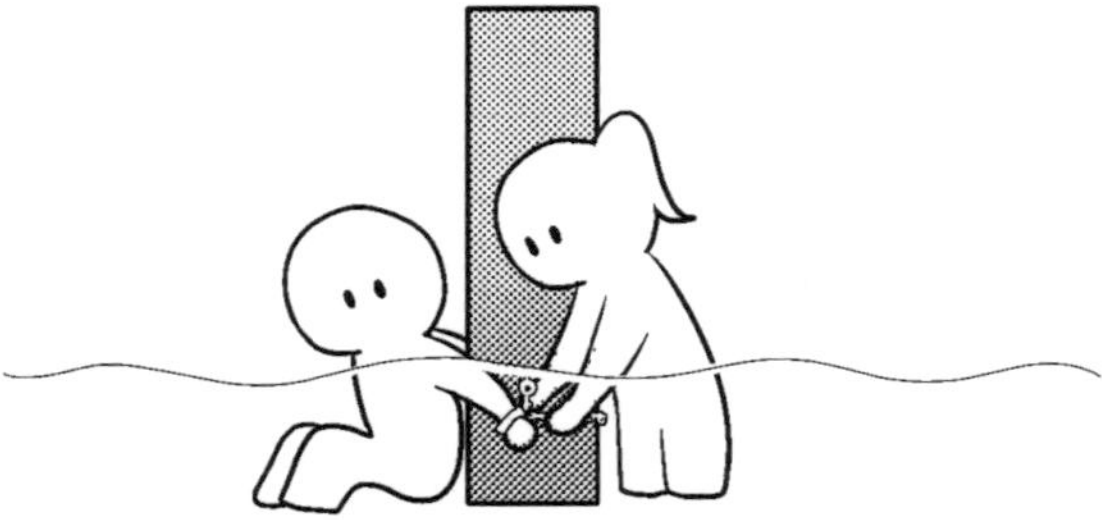

手錠《てじょう》を外《はず》してもらったほうが
もうひとりの手錠《てじょう》を早《はや》く外《はず》せば

脱《だっ》出《しゅつ》成《せい》功《こう》

外《はず》すのに手間《てま》どったり

相手《あいて》に裏切《うらぎ》られると

脱《だっ》出《しゅつ》失《しっ》敗《ぱい》

「さようでございます。もう一人《ひとり》を助《たす》けられそうになかったら、二人《ふたり》とも死《し》んじゃうよりも自分《じぶん》だけでも助《たす》かったほうがいいと思《おも》いますよね～！　それだけじゃない、ペアを組《く》んだ相手《あいて》……**本当《ほんとう》に仲《なか》のいいお友達《ともだち》だと言《い》えますか？**」

みんながごくりと息《いき》をのむのがわかった。

なんだよそれ。試《ため》すようなこと言《い》いやがって……。

相手《あいて》によっては駆《か》け引《ひ》きをしながらカギの解除《かいじょ》をしなくてはいけない。

これは……ヤバい、ゲームだ。

「それでは準備《じゅんび》はいいかな？」

緊張《きんちょう》が走《はし》る。

「よーい、スタート！」

――ドドドドド……。

スタートを合図《あいず》に天井《てんじょう》から水《みず》が流《なが》れてこんできた。

俺《おれ》たちの水槽《すいそう》の水《みず》は想像《そうぞう》していたよりも水量《すいりょう》が多《おお》く、水《みず》しぶきが顔《かお》にかかる。

最初《さいしょ》は二人《ふたり》でカギを開《あ》けようとするが、どちらかが動《うご》くとすぐに手錠《てじょう》がずれてしまう。

「ああ、ダメだ……。俺《おれ》が先《さき》に渚《なぎさ》のカギを開《あ》けるから渚《なぎさ》は動《うご》かないようにじっとしていてくれ」

「でも……いいの？　私《わたし》が先《さき》で。もしも失敗《しっぱい》して俊《しゅん》の手錠《てじょう》をはずせなかったら……」

「渚《なぎさ》のこと、信《しん》じてる」

渚《なぎさ》は必《かなら》ず俺《おれ》を助《たす》けてくれるはずだ。

「あり、がと……」

俺《おれ》は渚《なぎさ》のカギを開《あ》けることに集中《しゅうちゅう》した。

後《うし》ろ手《で》にしばられているから、カギ穴《あな》を見《み》ることができない。

手《て》の感覚《かんかく》でしっかりと穴《あな》を見《み》つけてカギをさすんだ。

何度《なんど》もガチャガチャと試《ため》していると、カギがしっかりとささり、回《まわ》すとカチっと手錠《てじょう》が開く感覚《かんかく》がした。

「開《ひら》いた！」

渚《なぎさ》の手錠《てじょう》がはずれ、彼女《かのじょ》は立《た》ちあがれるようになった。

ひとまずほっとする。

でもこの短時間《たんじかん》でもうひざのところまで水《みず》がきている。

「渚《なぎさ》、いけるか？」

渚《なぎさ》はこくんとうなずくと、俺《おれ》の背中《せなか》にある手錠《てじょう》に手《て》を伸《の》ばした。

渚《なぎさ》のほうはカギ穴《あな》を見《み》ながら開《あ》けられるから、少《すこ》しはやりやすいか……。

そう思《おも》っていた時《とき》。

「きゃっ！」

渚《なぎさ》がカギを落《お》としてしまった。

「ど、どうしよう、俊《しゅん》くん……」

やばいな。カギは水《みず》の底《そこ》。勢《いきお》いよく水《みず》が流《なが》れこんでいる中《なか》、カギをつかめるか？

不安《ふあん》が押《お》し寄《よ》せて来《く》る。

いや、あせったらダメだ。

「大丈夫《だいじょうぶ》だ、絶対《ぜったい》に見《み》つかる」

俺《おれ》はあえて口《くち》に出《だ》して自分《じぶん》を落《お》ち着《つ》かせた。

冷静《れいせい》になってもらうためには……俺《おれ》がまず平常心《へいじょうしん》でいるところを見《み》せなければ……。

「落《お》ち着《つ》いてゆっくり探《さが》せば見《み》つかるはずだ」

渚《なぎさ》はふうっと深呼吸《しんこきゅう》をしたあと、顔《かお》を水面《すいめん》につけた。

手探《てさぐ》りでカギを探《さが》す渚《なぎさ》。俺《おれ》も水《みず》の底《そこ》にカギがないかを探《さが》した。

頼《たの》む、見《み》つかってくれ！

「あった！」

すると渚《なぎさ》が水面《すいめん》から顔《かお》を出《だ》した。

「見《み》つかったけど、水《みず》の流《なが》れでカギが動《うご》いて……」

そうか、手錠《てじょう》のカギが小《ちい》さくてつかめないのか。

渚《なぎさ》は必死《ひっし》にカギを取《と》ろうと手《て》を動《うご》かしているが、手《て》からすり抜《ぬ》けて逃《に》げてしまう。

なにか、いい方法《ほうほう》はないか……。

俺《おれ》はあたりを見回《みまわ》して、声《こえ》をあげた。

「渚《なぎさ》！　カギを水槽《すいそう》のはしっこに追《お》いやるんだ！　そしてその壁《かべ》に沿《そ》わせて持《も》ちあげたらいい」

「わかった！　やってみる」

渚《なぎさ》は必死《ひっし》に水《みず》にもぐりながら、足《あし》で蹴《け》るようにしてカギを水槽《すいそう》のすみに追《お》いやった。

よし……。

あとはそのカギを持《も》ちあげるだけだ。

渚《なぎさ》は角《かく》っこに向《む》かってコンっとカギを蹴《け》りあげると、浮《う》かびあがったカギをキャッチした。

「取《と》れた！」

顔《かお》を出《だ》した時《とき》には渚《なぎさ》の手《て》にカギがあった。

「よかった……」

それから渚《なぎさ》はしっかりとカギを持《も》って俺《おれ》の手錠《てじょう》を開錠《かいじょう》した。

「脱出《だっしゅつ》するぞ！」

俺《おれ》たちはおたがいに支《ささ》え合《あ》いながら、緊急脱出《きんきゅうだっしゅつ》ボタンのもとへ向《む》かう。

水圧《すいあつ》で何度《なんど》も転《ころ》びそうになったけど、どうにか扉《とびら》の前《まえ》まで来《く》ることができた。

「よし、行《い》くぞ渚《なぎさ》！」

「せーの！」

ボタンを勢《いきお》いよく押《お》すと、目《め》の前《まえ》の扉《とびら》が開《ひら》いた。

水《みず》に流《なが》されるように外《そと》に出《で》る俺《おれ》たち。

「はぁ……はぁ……」

なんとか、助《たす》かった……。

「一番《いちばん》ノリですね！　脱出《だっしゅつ》おめでとう！　クリアした人《ひと》はモニターでクラスメイトの様《よう》

子《す》を見学《けんがく》できます」

俺《おれ》たちはタオルを渡《わた》され、モニターの前《まえ》に案内《あんない》された。

画面《がめん》は九分割《きゅうぶんかつ》されていて、それぞれの水槽《すいそう》の様子《ようす》が映《うつ》っている。

「あっ！」

すると渚《なぎさ》が大《おお》きな声《こえ》を出《だ》した。

彼女《かのじょ》が指《ゆび》を指《さ》したのは、花田麻子《はなだあさこ》と城山里美《しろやまさとみ》のペアだった。

この二人《ふたり》は同《おな》じクラスになってから、すぐに仲良《なかよ》くなった。

教室《きょうしつ》でも他《ほか》の人《ひと》を寄《よ》せつけないような独特《どくとく》の空気感《くうきかん》があり、いつもいっしょにいた。

二人《ふたり》は今《いま》、かなりあわてている。

「もしかして、カギを落《お》としたのか⁉」

「うん……花田《はなだ》さんが落《お》としちゃったみたいで……」

花田《はなだ》のほうは手錠《てじょう》がはずれていて、落《お》としたカギを必死《ひっし》に探《さが》している。

しかし、渚《なぎさ》と同《おな》じように手《て》を伸《の》ばすと水《みず》の勢《いきお》いでカギが流《なが》れてしまう。

あせってるのもあるんだろう。

花田《はなだ》はパニックになっていた。

郵 便 は が き

お手数ですが
切手をおはり
ください。

104-0031

東京都中央区京橋1-3-1
八重洲口大栄ビル7階
スターツ出版（株）書籍編集部
愛読者アンケート係

お名前（ふりがな） **電話**（　　）

ご住所（〒　　-　　）

学年（　　年）　**年齢**（　　歳）　**性別**（　　）

この本（はがきの入っていた本）のタイトルを教えてください。

今後、新しい本などのご案内やアンケートのお願いをお送りしてもいいですか？
1. はい　　2. いいえ

いただいたご意見やイラストを、本の帯または新聞・雑誌・インターネットなどの広告で紹介してもいいですか？
1. はい　　2. ペンネーム（　　　　　　）ならOK　　3. いいえ

お客様の情報を統計調査データとして使用するために利用させていただきます。また頂いた個人情報に弊社からのお知らせをお送りさせて頂く場合があります。
個人情報保護管理責任者：スターツ出版株式会社　出版マーケティンググループ　部長　連絡先：TEL 03-6202-0311

「野いちごジュニア文庫」愛読者カード

「野いちごジュニア文庫」の本をお買い上げいただき、ありがとうございました！
今後の作品づくりの参考にさせていただきますので、下の質問にお答えください。
（当てはまるものがあれば、いくつでも選んでOKです）

♥この本を知ったきっかけはなんですか？
1. 書店で見て　2. 人におすすめされて（友だち・親・その他）　3. ホームページ
4. 図書館で見て　5. LINE　6. Twitter　7. YouTube
8. その他（　　　　　　　　　　　　　　　　　　　　　　）

♥この本を選んだ理由を教えてください。
1. 表紙が気に入って　2. タイトルが気に入って　3. あらすじがおもしろそうだった
4. 好きな作家だから　5. 人におすすめされて　6. 特典が欲しかったから
7. その他（　　　　　　　　　　　　　　　　　　　　　　）

♥スマホを持っていますか？　1. はい　2. いいえ

♥本やまんがは1日のなかでいつ読みますか？
1. 朝読の時間　2. 学校の休み時間　3. 放課後や通学時間
4. 夜寝る前　5. 休日

♥最近おもしろかった本、まんが、テレビ番組、映画、ゲームを教えてください。

♥本についていたらうれしい特典があれば、教えてください。

♥最近、自分のまわりの友だちのなかで流行っているものを教えてね。
服のブランド、文房具など、なんでもＯＫ！

♥学校生活の中で、興味関心のあること、悩み事があれば教えてください。

♥選んだ本の感想を教えてね。イラストもOKです！

ご協力、ありがとうございました！

「私《わたし》も……さっき、もう見《み》つからないじゃないかって怖《こわ》かった」
水位《すいい》はどんどん上《あ》がっていく。もう少《すこ》しで首《くび》まで浸《つ》かってしまう。
するともぐっていた花田《はなだ》が水面《すいめん》から顔《かお》を出《だ》した。
『ゴホ……っ、ゴホ……』
水《みず》を飲《の》んでせきこんでしまっているようだ。
『はぁ……はぁ、もう無理《むり》よ。私《わたし》、泳《およ》ぐのは昔《むかし》から苦手《にがて》なの』
『も、もう少《すこ》しだからがんばって！　絶対《ぜったい》に取《と》れるはずだから』
『でも水《みず》が……もぐったら私《わたし》のほうが溺《おぼ》れそうで……』
『そんなこと言《い》ってる場合《ばあい》じゃないでしょ！』
城山《しろやま》が声《こえ》を荒《あら》らげた。
『見《み》つけられなかったら、私《わたし》たちは死《し》ぬのよ？　なんとしてでも取《と》ってよ！』
パニックになっているのか強《つよ》い口調《くちょう》で言《い》う。
すると、花田《はなだ》は真顔《まがお》で言《い》い返《かえ》した。
『〝私《わたし》たち〟って言《い》うけどさ……**私《わたし》の手錠《てじょう》はもうはずれてるのよ**』
『……な、なに言《い》って……』

花田《はなだ》は城山《しろやま》にそう伝《つた》えると、カギとは別《べつ》の方向《ほうこう》に歩《ある》きだした。
その先《さき》にあるもの……それは、緊急脱出《きんきゅうだっしゅつ》ボタンだった。
「ウソだろ……それを押《お》したら、城山《しろやま》は出《で》られなくなるんだぞ！」
花田《はなだ》は緊急脱出《きんきゅうだっしゅつ》ボタンの元《もと》に行《い》くと、そのボタンを押《お》した。
プシューっと音《おと》を立《た》てて、いったん外《そと》に水《みず》が流《なが》れていく。
花田《はなだ》が外《そと》へ脱出《だっしゅつ》する。
その時《とき》、城山《しろやま》の顔《かお》は絶望《ぜつぼう》に染《そ》まっていた。
『どうして……』
城山《しろやま》がつぶやくと、ずぶぬれになった花田《はなだ》が言《い》う。

『はぁ……はぁ、こ、怖《こわ》かったの……あのままカギを見《み》つけられなければ、私《わたし》まで死《し》んじゃうかもって……ね、ねぇ……これって普《ふ》通《つう》の感情《かんじょう》だよね？　間違《まちが》ってないよね？』

花田《はなだ》は涙《なみだ》を流《なが》しながら城山《しろやま》にたずねた。

『こんなこと正《ただ》しいわけないじゃない！　どうして……っ、麻子《あさこ》ちゃん！　私《わたし》のこと見捨《みす》てるの……っ、私《わたし》は助《たす》けてあげたのに』

城山《しろやま》はもうこの水槽《すいそう》から出《で》ることはできない。

自動《じどう》でドアが閉《し》まると、いったんからっぽになった水槽《すいそう》に、一気《いっき》に水《みず》が流《なが》れ込《こ》む。

『しかたなかった……しかたなかったの。そうよ、二人《ふたり》死《し》ぬより一人《ひとり》が助《たす》かったほうが絶対《ぜったい》にいいに決《き》まってる』

花田《はなだ》が話《はな》している間《あいだ》に、城山《しろやま》は頭《あたま》まで水《みず》に浸《つ》かってしまっていた。

ごぼごぼと苦《くる》しそうに息《いき》を吐《は》く。

しかし、どんなに抗《あらが》おうともドアは開《ひら》かない。

『そ、そうよ！　ねぇ、聞《き》いて里美《さとみ》ちゃんの罪《つみ》をね、私《わたし》知《し》ってるの……。里美《さとみ》ちゃんは、井戸口《いどぐち》さんの大事《だいじ》にしてたアクセサリーを盗《ぬす》んでたのよ。ひどいでしょ？　でも私《わたし》、里《さと》美《み》ちゃんと友達《ともだち》だったから、黙《だま》っててあげたの。里美《さとみ》ちゃんは悪《わる》い子《こ》。だからこうなってしまってもしかたないの』

花田《はなだ》はブツブツとそんなことを言《い》う。

そうか、花田《はなだ》は自分《じぶん》が親友《しんゆう》を裏切《うらぎ》った正当《せいとう》な理由《りゆう》を、なんとか見《み》つけたいんだ。

そうこうしている間《あいだ》に、城山《しろやま》は動《うご》かなくなっていた。

「いや……っ」

渚《なぎさ》がそう声《こえ》をもらすと、俺《おれ》は渚《なぎさ》の目《め》を手《て》のひらでおおった。

「見《み》るのはやめよう……」

クラスメイトがもがき苦《くる》しむところを見《み》せるなんて本当《ほんとう》にひどいやつらだ。

すると、水槽《すいそう》から卓《すぐる》と吉野《よしの》が二人《ふたり》そろって出《で》てきた。

「卓《すぐる》……!」

俺《おれ》が卓《すぐる》のもとに行《い》くと、せきこんでいる。

「大丈夫《だいじょうぶ》だったか?」

「ああ、俺《おれ》ら……あえて二人同時《ふたりどうじ》にカギを解除《かいじょ》しようって約束《やくそく》にしたんだ。当然《とうぜん》やりにくいんだけど、先《さき》にカギを開《あ》けてもらったほうが有利《ゆうり》になるからって、吉野《よしの》が言《い》ってさ。どっちかが有利《ゆうり》になる状況《じょうきょう》をつくりたくなくて」

「卓《すぐる》が裏切《うらぎ》ることは心配《しんぱい》してなかったんだけど、命《いのち》がかかってるとなにが起《お》きるかわからないだろう？」

そうだよな……。仲《なか》がいいから大丈夫《だいじょうぶ》、なんて保証《ほしょう》はない。

だって命《いのち》がかかってるんだから。

普段《ふだん》と違《ちが》う状況《じょうきょう》になってもおかしくない。

あえてこうやって自分《じぶん》と相手《あいて》の状況《じょうきょう》を対等《たいとう》にするほうがうまくいくのかもしれない。

次《つぎ》にモニターに大《おお》きく映《うつ》ったのは、宮田《みやた》と相川《あいかわ》だった。

第一《だいいち》ゲームで、宮田《みやた》と相川《あいかわ》とは少《すこ》しだけ一緒《いっしょ》に行動《こうどう》した。

相川《あいかわ》は黒岩《くろいわ》が処刑《しょけい》されたことに取《と》り乱《みだ》していて。

宮田《みやた》は相川《あいかわ》を落《お》ちつかせるって言《い》ってたけど、再会《さいかい》した時《とき》、二人《ふたり》の間《あいだ》に会話《かいわ》はなくて……少《すこ》し不安《ふあん》になっていたところだ。

でも相川《あいかわ》は泣《な》き止《や》んでいたから、大丈夫《だいじょうぶ》なのか？

いや、そんなすぐに切《き》り替《か》えができるわけ、ないよな。

だって相川《あいかわ》は黒岩《くろいわ》が好《す》きだったんだから。

『クッソ、水《みず》がジャマしてカギ穴《あな》に入《はい》らない……』

『二人《ふたり》でいっしょに開《あ》けようとしても、手錠《てじょう》が動《うご》くからぜったい無理《むり》だよ！』

『そうだよな……俺《おれ》が先《さき》に美月《みつき》のカギを開《あ》ける』

『いいの？』

『ああ』

宮田《みやた》が必死《ひっし》に相川《あいかわ》の手錠《てじょう》をはずそうとする。

何度《なんど》かガチャガチャとカギを動《うご》かすと、ようやく手錠《てじょう》が開《ひら》いた。

『よかった……じゃあ俺《おれ》のもはずしてくれ』

宮田《みやた》がそう言《い》うと、相川《あいかわ》が立《た》ち上《あ》がる。

しかし、手《て》に持《も》っていた宮田《みやた》の手錠《てじょう》のカギをぽいっと水《みず》の中《なか》に捨《す》てた。

「なっ……」

『お前《まえ》なにやってんだよ……！』

落《お》としたカギは水槽《すいそう》の奥底《おくそこ》まで落《お》ちていってしまう。

相川《あいかわ》、なにしてんだ……？

『アンタは一人《ひとり》でがんばって』

『えっ、お前《まえ》……どういう』

『知《し》らないとでも思《おも》った？　アンタ……第一《だいいち》ゲームで龍《りゅう》と私《わたし》の三人《さんにん》で逃《に》げる時《とき》、龍《りゅう》のことひじで押《お》しのけて転《ころ》ばせたよね？』

『な、なに言《い》ってんだよ、美月《みつき》』

『知《し》ってるんだから……アンタがずっと龍《りゅう》にいやがらせしてたこと。龍《りゅう》だって知《し》ってた！　龍《りゅう》には私《わたし》が龍《りゅう》の悪口《わるぐち》言《い》ってたって話《はな》して、私《わたし》には龍《りゅう》がさんざん美月《みつき》の悪口《わるぐち》言《い》ってるって伝《つた》えてたよね!?　そうやって人《ひと》のこと引《ひ》き裂《さ》いて楽《たの》しい？』

『ま、待《ま》ってくれよ。変《へん》なこと言《い》うなよ』

『悪口《わるぐち》くらいならまだガマンできた……でも、まさか龍《りゅう》のことを転《ころ》ばせるなんて……いくら勇斗《ゆうと》でも許《ゆる》せない！　あんたが龍《りゅう》の命《いのち》を奪《うば》ったのよ!!』

相川《あいかわ》が大《おお》きな声《こえ》で叫《さけ》んでいる。

『私《わたし》が龍《りゅう》の復讐《ふくしゅう》をする。アンタなんかここで死《し》ねばいい！』

『ま、待《ま》ってくれよ……聞《き》いてくれ！　たしかに俺《おれ》は、龍《りゅう》が嫌《きら》いだった。でも、ひじが当《あ》たったのはわざとじゃない！　たまたまなんだ！』

『そんなの信《しん》じられるわけないでしょ！　龍《りゅう》はあんたに転《ころ》ばされたの！』

『……それだよ』

『はぁ？』

『龍《りゅう》、龍《りゅう》って……お前《まえ》はいっつも龍《りゅう》の名前《なまえ》を呼《よ》んでたよな。俺《おれ》がお前《まえ》のことを好《す》きだと気《き》づかずに』

『なっ……』

『この際《さい》だから言《い》っておくけどな、龍《りゅう》は美月《みつき》のことなんてこれっぽっちも好《す》きじゃなかった』

『な……っ！　違《ちが》うわ、龍《りゅう》は私《わたし》のこと好《す》きだって言《い》ってくれたもの。でも本当《ほんとう》に大事《だいじ》にしたいから、つき合《あ》うとかは今《いま》はできないって言《い》ってて……』

『大事《だいじ》にしてるならつき合《あ》うだろ？　龍《りゅう》が美月《みつき》とつき合《あ》わなかったのは、他校《たこう》に彼女《かのじょ》がいたからだよ。俺《おれ》いっしょに遊《あそ》んだこともある。あいつらすげーラブラブだったよ』

『そん、な……っ』

『だからなおさら許《ゆる》せなかったんだ！　龍《りゅう》よりも俺《おれ》のほうが絶対《ぜったい》に美月《みつき》を幸《しあわ》せにできる。美月《みつき》が俺《おれ》のことも見《み》てくれていたら、俺《おれ》はあんなことしなかったのに』

相川《あいかわ》はギリっと歯《は》を食《く》いしばる。

『なによ、人《ひと》に責任《せきにん》なすりつけて。どうせ自分《じぶん》が龍《りゅう》を犠牲《ぎせい》にした言《い》い訳《わけ》をしたいだけでしょ？　アンタみたいな卑怯《ひきょう》な人間《にんげん》、好《す》きになんてなるわけない！』

美月《みつき》はそう言《い》い放《はな》つと、一人《ひとり》で緊急脱出《きんきゅうだっしゅつ》ボタンへ向《む》かった。

『ま、待《ま》ってくれよ！　見捨《みす》てないでくれ……っ。俺《おれ》、ただ美月《みつき》のことが好《す》きだっただけなんだよ。あやまるから……龍《りゅう》のことは……ちゃんとあやまるから、お願《ねが》いだ』

『あやまったって龍《りゅう》は帰《かえ》ってこないのよ……』

相川《あいかわ》はさみしげにつぶやくと同時《どうじ》に緊急脱出《きんきゅうだっしゅつ》ボタンを押《お》した。

ボタンが押《お》されてしまった……。

つまり宮田《みやた》は……これからじわじわ溺《おぼ》れていくことしかできないということだ。

『どうしてだよ……っ。なんで、こんなことできるんだよ。俺《おれ》たちずっと仲《なか》がよかっただろ。なぁ、考《かんが》え直《なお》してくれ！　こっちに戻《もど》って来《き》てくれよ！　美月《みつき》、お願《ねが》いだ……助《たす》けて』

ドアが開《ひら》き、相川《あいかわ》だけが脱出《だっしゅつ》すると、ドアはそのまま閉《と》じられてしまった。

宮田《みやた》はそれを見《み》てあせったように手錠《てじょう》のカギを探《さが》しだすが、奇跡的《きせきてき》に一人《ひとり》で手錠《てじょう》をはずせたとしても、水槽《すいそう》のドアはもう開《ひら》かない。

『いやだ、死《し》にたくない！　助《たす》けて、助《たす》けて……』

宮田《みやた》の声《こえ》が聞《き》こえてくる。

俺《おれ》はモニターを見《み》ていることができなかった。

耳《みみ》をふさいでいると、いつの間《ま》にか宮田《みやた》の声《こえ》は一切《いっさい》聞《き》こえなくなり、水槽《すいそう》は水《みず》で満杯《まんぱい》になっていた。

「……っ、クソ」

どうしてこんなことになってしまったんだ。

こんなゲームが行《おこな》われなければ、友達《ともだち》が自分《じぶん》に対《たい》して犯《おか》した罪《つみ》なんて、知《し》ることもなかったのに。

「う、う……龍《りゅう》」

でも相川《あいかわ》は黒岩《くろいわ》のことしか考《かんが》えていなかった。

宮田《みやた》を犠牲《ぎせい》にしたことに対《たい》してはなにも感《かん》じていないのか。

こんなことになるなんて思《おも》わなかった。

仲《なか》の良《よ》かった人間同士《にんげんどうし》ペアを組《く》んでいるのに、裏切《うらぎ》るなんて……。

すると、別《べつ》の部屋《へや》から平沢《ひらさわ》くんと中村《なかむら》くんがモニタールームにやってきた。

「クッソ、大量《たいりょう》に水流《みずなが》しこみやがって……！」

「まあ、俺《おれ》らなら余裕《よゆう》だけど」

平沢《ひらさわ》くんの言葉《ことば》に中村《なかむら》くんが言《い》う。

「当然《とうぜん》だ。こんなクソみたいなゲームで俺《おれ》たちの信頼関係《しんらいかんけい》を壊《こわ》せると思《おも》ったら大間違《おおまちが》いなんだよ」

すると平沢《ひらさわ》くんは、モニター横《よこ》に立《た》っていたサバキに言《い》う。

「おい！　サバキ、罪《つみ》とかごちゃごちゃ言《い》ってやがるけどなぁ！　お前《まえ》みたいな得体《えたい》の知《し》れない野郎《やろう》に負《ま》けると思《おも》うなよ！」

強気《つよき》だな、平沢《ひらさわ》くんたち……。

サバキは聞《き》こえているだろうに、なにも反応《はんのう》をしなかった。

「あれ、木村《きむら》と清水《しみず》は、まだ出《で》てきてないのか!?」

木村貴斗《きむらたかと》と清水太陽《しみずたいよう》のペアがまだ水槽《すいそう》に残《のこ》っていた。

「たぶん、あの二人《ふたり》はもう無理《むり》だと思《おも》う」

「そんなっ……」

モニターを見《み》ると、二人《ふたり》は水《みず》いっぱいの水槽《すいそう》の中《なか》でもうすでに意識《いしき》を失《うしな》っている。

「ウソだろ……時間内《じかんない》にカギを開《あ》けることができなかったのか……!?」

すると卓《すぐる》が言《い》う。

「俺《おれ》さ……ちょっと見《み》てたんだけど、清水《しみず》って水《みず》が苦手《にがて》なんだ。小《ちい》さいころに海《うみ》で溺《おぼ》れたことがあるから、プールの授業《じゅぎょう》だってずっと見学《けんがく》してただろ?」

「そういえば、そうだった……」

「たぶん水《みず》が流《なが》れこんできた瞬間《しゅんかん》、パニックになったんだ。清水《しみず》が暴《あば》れて……なんとか木村《きむら》がなだめようとしてたんだけど、ダメで……二人《ふたり》ともカギを開《あ》けることができずに……」

卓《すぐる》が思《おも》いつめた顔《かお》をして言《い》う。

「ヒドイ……っ」

きっと苦《くる》しかっただろう。

苦手《にがて》な水《みず》でうめ尽《つ》くされて……呼吸《こきゅう》もできなくて……。

すると体《からだ》を拭《ふ》き終《お》えた平沢《ひらさわ》くんが言《い》った。

「ふんっ、なにがヒドイだ。そうやって、使《つか》えない人間《にんげん》をパートナーにするから死《し》ぬことになるんだよ」

「おい、そんな言《い》い方《かた》ないだろ！」

俺《おれ》が反論《はんろん》すると、平沢《ひらさわ》くんは言《い》う。

「これはゲームなんだから、カッカしないで楽《たの》しもうぜ」

なんでそんなことが言《い》えるんだよ。

目《め》の前《まえ》でクラスメイトが死《し》んでるっていうのに。

「平沢《ひらさわ》くん！　そういう言《い》い方《かた》はっ……！」

そこまで言《い》うと、卓《すぐる》が俺《おれ》のことを止《と》めた。

「やめろ、俊《しゅん》」

「でも……」

すると卓《すぐる》はこそっと俺《おれ》の耳元《みみもと》でささやいた。

「まだゲームは二回《にかい》も残《のこ》ってるんだ。どんなゲームになるかわからない。今《いま》は敵《てき》をつくらないほうがいいよ」

渚《なぎさ》もこくこくとうなずいている。

そうだけど……こんなのあまりにヒドイ言葉《ことば》だ。

俺《おれ》はやりきれない思《おも》いでいっぱいだった。

モニターを見《み》ると、今《いま》もまだ残《のこ》ってるのは、白金皐月《しろがねさつき》と小野寺莉子《おのでらりこ》のペア、浜中美緒《はまなかみお》と松本拓人《まつもとたくと》のペア。そして井戸口《いどぐち》と新山健太《にいやまけんた》のペア。

……ん？

「どういうことだ……」

「そうなんだよ、俺《おれ》も気《き》づかなかったけどおかしいよな」

卓《すぐる》もうなずく。

そう、なにがおかしいかというと組《く》み合《あ》わせだ。

井戸口《いどぐち》と浜中《はまなか》は大《だい》の仲良《なかよ》しだ。

井戸口《いどぐち》は高飛車《たかびしゃ》でクラスメイトにも上《うえ》からものを言《い》うことが多《おお》かった。

井戸口《いどぐち》の下《した》について同《おな》じように振《ふ》るまうのが浜中《はまなか》だ。

二人《ふたり》でクラスを仕切《しき》っていて、ペアを組《く》んでもおかしくないはずなのに、井戸口《いどぐち》と浜中《はまなか》は二人《ふたり》とも、ほとんど接点《せってん》のない男子《だんし》とペアを組《く》んでいる。

「しかも新山《にいやま》くんって……」

渚《なぎさ》が小《ちい》さな声《こえ》でつぶやく。

「ああ、そうだ。**井戸口《いどぐち》は新山《にいやま》くんのことイジメてたよな？**」

仁科《にしな》くんが学校《がっこう》に登校《とうこう》しなくなり、次《つぎ》にターゲットとされたのは新山健太《にいやまけんた》だった。

新山《にいやま》くんは、平沢《ひらさわ》くんたちと井戸口《いどぐち》たちのグループからイジメを受《う》けていた。

それなのに、ペアを組《く》むなんてありえるのか……。

そんなことを考《かんが》えていると、井戸口《いどぐち》と新山《にいやま》がボックスから出《で》て来《き》た。

二人《ふたり》ともカギを開《あ》けて、いっしょにボタンを押《お》したらしい。

外《そと》に出《で》ると、新山《にいやま》は一番《いちばん》に言《い》った。

「あ、あの……これでもうイジメからは解放《かいほう》してくれるんですよね……」

「ええ、よくやったわ。ちゃんと私《わたし》の言《い》うことを聞《き》いたからアンタはターゲットからはずしてあげる」

もしかして……自分《じぶん》の言《い》うことを聞《き》かせるためにペアを組《く》んだのか⁉

なんてズルがしこいやつなんだ……。

すると井戸口《いどぐち》のもとに平沢《ひらさわ》くんが駆《か》け寄《よ》った。

「お前《まえ》、頭《あたま》いいじゃねぇか。このクズを利用《りよう》して勝《か》ち上《あ》がるとか最高《さいこう》だな」

「そうでしょ？　こういうのはやっぱり頭使《あたまつか》わなきゃ。また二人組《ふたりぐみ》でゲームすることになったらよろしくー」

井戸口《いどぐち》は新山《にいやま》くんの背中《せなか》をバンっとたたいた。

「お前《まえ》も奴隷《どれい》みたいに人《ひと》の言《い》うこと聞《き》いてれば、使《つか》える人間《にんげん》にはなれるな」

平沢《ひらさわ》くんが新山《にいやま》くんのことを蹴《け》っ飛《と》ばす。

「や、やめてください……もうイジメはしないって……約束《やくそく》してくれましたよね？」

「したわよ。私《わたし》はね？　でも康太《こうた》がどう思《おも》ってるかは別《べつ》の話《はなし》だもん」

「そ、そんな……」

平沢《ひらさわ》くんと井戸口《いどぐち》はバカにしたように笑《わら》った。

「なんか胸《むな》くそ悪《わる》いな」

卓《すぐる》は言《い》う。

「ゲームを楽《たの》しんでるみたいで不快《ふかい》だ」

すると、今度《こんど》は水槽《すいそう》から浜中《はまなか》と松本《まつもと》のペアが脱出《だっしゅつ》してきた。

水《みず》はもう頭《あたま》までいっぱいになっていたため、ギリギリの脱出《だっしゅつ》だったんだろう。

二人《ふたり》は外《そと》に出《で》るなり、必死《ひっし》で酸素《さんそ》を取《と》りこんでいた。

そこに井戸口《いどぐち》がやってきて、浜中《はまなか》に声《こえ》をかける。

「美緒《みお》お疲《つか》れ〜、よかったね、脱出《だっしゅつ》できて」

「ねぇ、ねぇ！　こんなのもうやめようよ。真菜《まな》はいいかもしれないけど、私《わたし》……拓人《たくと》なんてほとんど話《はなし》したこともないのに。ノロいし、信用《しんよう》していいかもわからなくて……不安《ふあん》だったんだよ!?」

「ぼ、僕《ぼく》だって……不安《ふあん》だ」

松本《まつもと》は、おどおどとしながら言《い》った。

松本《まつもと》は内気《うちき》な性格《せいかく》で、打《う》ち上《あ》げに来《く》ることもないし、クラスの人《ひと》としゃべろうともしないような性格《せいかく》だった。

なるほど……。本当《ほんとう》は井戸口《いどぐち》と浜中《はまなか》で組《く》もうとしていたところを、急《きゅう》に井戸口《いどぐち》が新山《にいやま》と組《く》むと言《い》いだしたのか。

そりゃ、浜中《はまなか》からしたらクラスであまっていた松本《まつもと》と組《く》むしかなくて相当不安《そうとうふあん》だっただろう。

「助《たす》かったんだからいいじゃーん」

「そういうことじゃなくてさ、普通《ふつう》に私《わたし》たちで組《く》むほうが安全《あんぜん》じゃん！　こんなの押《お》しつけられて……」

浜中《はまなか》が感情的《かんじょうてき》に伝《つた》えると、井戸口《いどぐち》はぴしゃりと言《い》った。

「私《わたし》はそうは思《おも》わないけど。人《ひと》は簡単《かんたん》に裏切《うらぎ》るものだから。奴隷《どれい》として使《つか》える人間《にんげん》と組《く》むのが一番《いちばん》いいのよ。そんなに怖《こわ》い思《おも》いしたなら、アンタもクラスに奴隷《どれい》をつくったらどうなの？」

「なっ……なにそれ」

井戸口《いどぐち》の言《い》っていることは理解《りかい》できない。

でもこの命《いのち》をかけたゲームでは、彼女《かのじょ》の言葉《ことば》が正《ただ》しいのかもしれないと思《おも》ってしまう瞬間《しゅんかん》はある。

その証拠《しょうこ》に……。

「あれ、白金《しろがね》と小野寺《おのでら》はまだ脱出《だっしゅつ》できてないのか……」

「もう、無理《むり》かもしれないな……」

卓《すぐる》が虚《むな》しくつぶやく。

小野寺《おのでら》の手錠《てじょう》ははずれているが、もう水《みず》が頭《あたま》の上《うえ》まできていて溺《おぼ》れかけている。

「カギ、開《あ》けられなかったのか!?」

他《ほか》のグループに気《き》を取《と》られていて気《き》づかなかった。

白金《しろがね》と小野寺《おのでら》はクラスでも仲《なか》のいい幼《おさな》なじみコンビだ。

幼《おさな》いころからなにをするにも一緒《いっしょ》で、高校《こうこう》も同《おな》じ学校《がっこう》を目指《めざ》すんだと話《はな》しているのを聞《き》いたことがあった。

「どうして……」

すると、渚《なぎさ》が小《ちい》さくつぶやいた。

「莉子《りこ》ちゃんの手錠《てじょう》は取《と》れてるけど……皐月《さつき》ちゃんのがはずれなかったみたいなの……。私《わたし》、二人《ふたり》がなかなか抜《ぬ》け出《だ》せてなくて気《き》になって見《み》てて……」

必死《ひっし》でカギを開《あ》けようとしていたんだろう。

しかし、水《みず》がいっぱいになるにつれて小野寺《おのでら》の体《からだ》は浮《う》きあがり、ポールにつながれている白金《しろがね》の体《からだ》は下《した》へと沈《しず》んでしまっていた。

やがて二人《ふたり》は見《み》つめ合《あ》うかのように横《よこ》たわった。

小野寺《おのでら》は最後《さいご》まで友達《ともだち》を見捨《みす》てなかったんだな。

なんとしてでも助《たす》けたいという気持《きも》ちがあっただろうに、むごいゲームだ。

やがてゲームは終《お》わりを告《つ》げた。
ピ――という笛《ふえ》を合図《あいず》に、俺《おれ》たちは水槽《すいそう》から脱出《だっしゅつ》できなかったクラスメイトを見《み》ることになった。

「……っ、ぅ」

元気《げんき》に学校《がっこう》に来《き》ていたクラスメイトが、こんな無残《むざん》な姿《すがた》をしているなんて……。

こんなヒドイこと、なんのためにするんだ。

どうして俺《おれ》たちはここまでされないといけないんだ。

ぐっとこぶしを強《つよ》く握《にぎ》り、ゲームマスターのサバキを見《み》た。

「さぁて、第二《だいに》ゲームが終了《しゅうりょう》となりました。生《い》き残《のこ》ったみなさま、おめでとうございます〜！　第三《だいさん》ゲームに進《すす》んでいただきましょう」

陽気《ようき》な声《こえ》で伝《つた》えるサバキに俺《おれ》は言《い》った。

「いい加減《かげん》にしろよ……！　どうしてこんなことをしないといけないんだ！」

「言《い》ったでしょう？　キミたち罪人《ざいにん》を裁《さば》くためにゲームをしていると……」

そんなの納得《なっとく》いかない。

命《いのち》をかけるゲームが当《あ》たり前《まえ》みたいに進《すす》んでいくなんて……。

「まぁ、そうカッカしないでくださいよ。ゲームが進《すす》めば、キミたちは裁《さば》いてもらえることのほうが幸《しあわ》せだと感《かん》じることでしょう。罪《つみ》は抱《かか》えているとつらいものですから」

サバキはなにを言《い》ってるんだ……。

「次《つぎ》のステージに進《すす》んでもらう前《まえ》に、みなさまには休憩時間《きゅうけいじかん》を差《さ》し上《あ》げたいと思《おも》います。**リセットボタンの部屋《へや》**へご案内《あんない》いたしましょう」

リセットボタン……？

またなにかが始《はじ》まろうとしている。

俺《おれ》たちはいつまでこの監獄《かんごく》の中《なか》に閉《と》じこめられるんだろう。

×処刑《しょけい》

城山《しろやま》美里《みさと》

【罪状《ざいじょう》】クラスメイトの私物《しぶつ》を窃盗《せっとう》

宮田《みやた》勇斗《ゆうと》

【罪状《ざいじょう》】嫉妬《しっと》によるウソ

木村《きむら》貴人《たかと》

【罪状《ざいじょう》】カンニングの常習犯《じょうしゅうはん》

清水《しみず》太陽《たいよう》

【罪状《ざいじょう》】体育教師《たいいくきょうし》をだまして授業《じゅぎょう》サボり

小野寺《おのでら》莉子《りこ》

【罪状《ざいじょう》】イジメの見過《みす》ごし

白金《しろがね》皐月《さつき》

【罪状《ざいじょう》】友達《ともだち》のゲームを窃盗《せっとう》

〇生《い》き残《のこ》り

相川《あいかわ》美月《みつき》
井戸口《いどぐち》真菜《まな》
大貫《おおぬき》俊《しゅん》
椎名《しいな》渚《なぎさ》
中村《なかむら》啓介《けいすけ》
新山《にいやま》健太《けんた》
根本《ねもと》卓《すぐる》
花田《はなだ》麻子《あさこ》
浜中《はまなか》美緒《みお》
平沢《ひらさわ》康太《こうた》
松本《まつもと》拓人《たくと》
吉野《よしの》満《みつる》

残《のこ》り十二人《じゅうににん》

リセットボタンの部屋《へや》

「ああ、そうだ。大事《だいじ》なことを忘《わす》れていましたね。脱落《だつらく》した人《ひと》たちの罪《つみ》を見《み》てみましょうか」

そう言《い》ってサバキはモニターを指《さ》した。

第二《だいに》ゲームに失敗《しっぱい》した人《ひと》たちの名前《なまえ》と罪状《ざいじょう》が映《うつ》し出《だ》される。

「こんなことで死《し》んでいったなんて……」

「ヒドすぎる……」

みんなの犯《おか》した罪《つみ》は、こんな残酷《ざんこく》に殺《ころ》されないといけないようなことなのか。

処刑《しょけい》するって……もっとやり方《かた》とかあるんじゃねぇのか。

ふつふつと怒《いか》りがわいたが、サバキは俺《おれ》たちの気持《きも》ちを無視《むし》して場所《ばしょ》を移動《いどう》した。

サバキが向《む》かったのは**リセットボタンの部屋《へや》**。

「こちらになります」

コンクリートの廊下《ろうか》の奥《おく》に見《み》えてきたのは薄暗《うすぐら》いプレハブ小屋《ごや》だった。

ここでなにが行《おこな》われるんだ……。

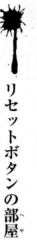

そう思《おも》っていると、サバキは立《た》ち止《ど》まり説明《せつめい》を始《はじ》めた。

「ここは希望《きぼう》した人《ひと》が入《はい》れる部屋《へや》です」

強制的《きょうせいてき》に入《い》れられるわけじゃないのか。

「次《つぎ》のゲームが行《おこな》われる時間《じかん》まで、みなさまはこの部屋《へや》の近《ちか》くで過《す》ごしていただきます。ゆっくりとした時間《じかん》を過《す》ごす中《なか》で自分《じぶん》の罪《つみ》の重《おも》さに気《き》づき、この場所《ばしょ》から逃《に》げだしたいと思《おも》う方《かた》がいるかもしれません」

この場所《ばしょ》から逃《に》げだす……？

「そんな人《ひと》のために、このリセットボタンの部屋《へや》を用意《ようい》させていただきました！」

サバキはそう言《い》うと、プレハブ小屋《ごや》のドアを開《あ》けた。

「さぁ、みなさまにもお部屋《へや》を確認《かくにん》していただきましょう」

そう言《い》ってみんなを中《なか》に入《い》れる。

壁一面《かべいちめん》が窓《まど》になっているが、部屋《へや》の中《なか》はどんよりしていて、息《いき》がしにくい気《き》がする。

なんだかよくわからないけど、いやな空気《くうき》が漂《ただよ》っている。

ここでなにをするんだ……？

そう思《おも》っていると、部屋《へや》の一番奥《いちばんおく》にスイッチボタンが置《お》かれているのが見《み》えた。

薄暗《うすぐら》い空間《くうかん》に、目立《めだ》つような赤《あか》いスイッチボタン。

そこには文字《もじ》が書《か》かれていた。

「……っ！」

【リセットボタン】

「リセット……？」

「ここは罪《つみ》の重《おも》さにたえかねた人《ひと》がやってくる場所《ばしょ》。この世界《せかい》から逃《に》げたい人《ひと》がここでゆっくりと自分《じぶん》の世界《せかい》を終《お》わらせることができます」

終《お》わらせるってこのゲームをってことか……。

だったらみんなこのゲームを終《お》わらせたいに決《き》まってる。

この命《いのち》をかけたゲームを続《つづ》けたいなんて思《おも》う人《ひと》がいるわけない。

「この赤《あか》のボタンを押《お》したら、白《しろ》いスモークがこの部屋《へや》中《じゅう》に充満《じゅうまん》します。このスモークを浴《あ》びると次第《しだい》に意識《いしき》がなくなり、ゆっくりと眠《ねむ》りにつくことができますよ」

なんだ、サバキの含《ふく》みのあるような言《い》い方《かた》は……？

サバキはパンパンと手《て》をたたくと言《い》った。

「それじゃあ、今《いま》から自由時間《じゆうじかん》タイムにいたします。ゆっくりと休《やす》んでくださいね～！

また準備《じゅんび》ができたらお知《し》らせします」

そう言《い》ってサバキはどこかへ消《き》えていった。

この時間《じかん》でなにごとも起《お》きないといいけど……。

みんなはリセットボタンをチラチラと見《み》つめている。

なんか怪《あや》しい……。

あんなにサバキが俺《おれ》たちの罪《つみ》を裁《さば》くって言《い》っていたのに、簡単《かんたん》にリセットできるなんて思《おも》えない。

「とりあえずさ、サバキの意図《いと》もわからないし、気味《きみ》が悪《わる》いからあの小屋《こや》から遠《とお》ざかろうぜ」

俺《おれ》が渚《なぎさ》と卓《すぐる》に伝《つた》えると、二人《ふたり》ともうなずいた。

俺《おれ》たちは小屋《こや》から少《すこ》し離《はな》れた場所《ばしょ》で休憩《きゅうけい》することにした。

他《ほか》のみんなも休憩時間《きゅうけいじかん》を自由《じゆう》に過《す》ごしていた。

当然《とうぜん》、話《はなし》が盛《も》り上《あ》がるはずもなく、シンっとしている。

しいていうなら……。

「康太《こうた》はいいのか？　リセットボタンを押《お》さなくて」

「ああ、俺《おれ》はな……このゲームをクリアしたら大金《たいきん》が出《で》るんじゃねぇかと踏《ふ》んでるんだ。こんな苦《くる》しいことばっかりさせてタダで帰《かえ》すわけねぇよ。あとゲームは二回《にかい》だけなんだ。俺《おれ》は絶対《ぜったい》このゲームをクリアする」

「大金《たいきん》!?　それあるかもなぁ！」

「ああ、だから次《つぎ》のゲームの予想《よそう》でもしてようぜ」

「いいな。ったくさ、食《く》い物《もの》ぐらい出《だ》せよな」

「本当《ほんとう》だよ」

普通《ふつう》に話《はな》しているのは、平沢《ひらさわ》くんと中村《なかむら》くんくらいか。

リセットボタンは、誰《だれ》かが行《い》くまではなかなか手出《てだ》せないよな……。

今《いま》までさんざんヒドイ目《め》に遭《あ》ったんだから、なにがあるかわからない。

俺《おれ》と卓《すぐる》と渚《なぎさ》は向《む》き合《あ》って座《すわ》った。

「自分《じぶん》の罪《つみ》と向《む》き合《あ》う時間《じかん》だって言《い》ってたよな……」

「そうだな……」

卓《すぐる》が気《き》まずそうに言《い》うってことは、心当《こころあ》たりがあるということか。

渚《なぎさ》のほうを見《み》ると、彼女《かのじょ》は真《ま》っ青《さお》な顔《かお》をしていた。

「渚《なぎさ》、大丈夫《だいじょうぶ》か？」

「…………」

渚《なぎさ》からの返答《へんとう》はない。

不安《ふあん》だな……。

でも人《ひと》のことを考《かんが》えてばかりはいられない。

サバキの言《い》うことが本当《ほんとう》なら、ここにいる全員《ぜんいん》が罪《つみ》を抱《かか》えて生《い》きているということ。

このゲームを最後《さいご》までやれば、自分《じぶん》の罪《つみ》がわかるって言《い》ってたけど……。

このゲームが終《お》わった時《とき》、俺《おれ》は罪《つみ》に対《たい》する考《かんが》えが変《か》わるだろうか。

それとも……。最後《さいご》のゲームをする前《まえ》に……。

うつむいていると、卓《すぐる》が言《い》った。

「やめようぜ。休憩《きゅうけい》できる今《いま》くらいはさ、もっと気楽《きらく》な話《はなし》をしよう」

「そうだな……」

渚《なぎさ》もぎゅっと手《て》を握《にぎ》りしめながらうなずいた。

するとその時《とき》。

——ブーブーブー！

大《おお》きなサイレンが鳴《な》り響《ひび》いた。

「なんだ!?」

「きゃっ、なにこの音《おと》……怖《こわ》い！」

みんなが騒《さわ》ぎだす。

そんな中《なか》、アナウンスは告《つ》げた。

「リセットボタンが押《お》されました」

「えっ」

俺《おれ》たちは小屋《こや》まで駆《か》けつける。

するとそこには相川《あいかわ》の姿《すがた》があった。

「ウソだろ……」

「美月《みつき》ちゃん……」

ガチャガチャとドアノブをひねってみるが、ビクともしない。

「ダメだ、ロックがかかってる」

「相川《あいかわ》、開《あ》けろ！　開《あ》けてくれ……！」

窓《まど》から中《なか》に向《む》かって叫《さけ》ぶが、相川《あいかわ》は一向《いっこう》にこっちを見《み》ることはない。

ただぼーっと前《まえ》を向《む》いている。

そしてボソボソとなにかを言《い》っていた。

「私《わたし》、龍《りゅう》の彼女《かのじょ》だっていう人《ひと》に会《あ》いに行《い》きたいの！　問《と》いつめてやるわ！　ウソつくなって！　きっと龍《りゅう》にまとわりついて迷惑《めいわく》かけてたに違《ちが》いないもの。龍《りゅう》は私《わたし》のこと好《す》きって言《い》ってくれたの。だから龍《りゅう》に迷惑《めいわく》かけるやつは許《ゆる》せない……！　ねぇ、お願《ねが》い、私《わたし》をここから出《だ》して……！」

相川《あいかわ》はぼーっとどこか遠《とお》くを見《み》ている。俺《おれ》たちと目《め》が合《あ》わない。

なにかおかしい。

すると、部屋《へや》のスモークがどんどん濃《こ》くなっていった。

「美月《みつき》、ちゃん……！」

迷《まよ》いなく、リセットボタンを使《つか》った相川《あいかわ》。

サバキがなにを考《かんが》えているかもわからないのに、リセットボタンを押《お》して大丈夫《だいじょうぶ》なのか？

さっきから相川《あいかわ》は普通《ふつう》じゃない。

幼《おさな》なじみだった宮田《みやた》を平気《へいき》で見殺《みごろ》しにできるような精神状態《せいしんじょうたい》。

もっとしっかり誰《だれ》かがそばにいてやるべきだったんだ。

でももし、相川《あいかわ》がここから出《で》ることができるのであれば……。

そこまで思《おも》っていた時《とき》。

――バタン。

相川《あいかわ》は突然床《とつぜんゆか》に倒《たお》れた。眠《ねむ》るように横《よこ》になる。

なにが起《お》きたんだ!?　不安《ふあん》に思《おも》っていると、アナウンスが響《ひび》いた。

『相川美月《あいかわみつき》の死亡《しぼう》を確認《かくにん》しました』

し、死亡《しぼう》……？

アナウンスのあと、覆面《ふくめん》の男《おとこ》が入《はい》ってきてドアのロックを解除《かいじょ》した。

相川《あいかわ》は小屋《こや》からつれ出《だ》されていく。

するとサバキがやってくる。

「おい、サバキ！　相川《あいかわ》はどうなったんだよ！」

「どうなったって決《き》まってるでしょ？　リセットボタンを押《お》したんだから、人生《じんせい》のリセットをお手伝《てつだ》いしたまでですよ」

「人生《じんせい》のリセットって……ゲームをやめられるんじゃなかったのか⁉」

「僕《ぼく》はそんなこと、一言《ひとこと》も言《い》ってないよ～！　だいたいここから出《で》れるわけないじゃ～ん！　キミたち罪人《ざいにん》がそんな簡単《かんたん》に逃《のが》れられるなんて思《おも》わないでほしいよね？」

「だまして殺《ころ》すなんておかしいだろ」

俺《おれ》が訴《うった》えると、サバキはくすっと笑《わら》った。

「だましてなんかないよ。勝手《かって》にだまされただけでしょ？　むしろ感謝《かんしゃ》してほしいくらいだね。だってこの装置《そうち》があるおかげで自分《じぶん》の抱《かか》えた罪《つみ》にたえられなくなった人《ひと》が、逃《に》げる場所《ばしょ》にもなるんだから」

なんだよ、それ。そんなの、どう考《かんが》えてもおかしいだろ。

相川《あいかわ》は黒岩《くろいわ》の彼女《かのじょ》に会《あ》いに行《い》くって、そのつもりでボタンを押《お》したのに……命《いのち》まで奪《うば》われてしまうなんて……。

「でもまぁ、天国《てんごく》で一緒《いっしょ》にいられて、ある意味《いみ》幸《しあわ》せなんじゃない？」

「サバキ……！」

俺《おれ》の怒《いか》りが頂点《ちょうてん》に達《たっ》しようとしていた時《とき》、平沢《ひらさわ》くんが言《い》った。

「ふっ、これでリセットボタンの正体《しょうたい》っていうのがわかったんだからいいじゃねぇか。相川《あいかわ》もバカだがクラスメイトの役《やく》には立《た》ったな」

「平沢《ひらさわ》……！」

「俊《しゅん》、やめろ」

俺《おれ》が怒《いか》りをあらわにした時《とき》、卓《すぐる》に止《と》められた。

「でも……」

「誰《だれ》かに怒《いか》りをぶつけたって、なにも変《か》わらないだろ」

「それはそう、だけど……」

ボタンを押《お》した人《ひと》の命《いのち》を奪《うば》うボタン。もう誰《だれ》もこの中《なか》に入《はい》ってほしくない。

クッソ……次《つぎ》のゲームはまだ始《はじ》まらないのか。

すると今度《こんど》は大《おお》きな怒鳴《どな》り声《ごえ》が聞《き》こえてきた。

「あんたの分際《ぶんざい》で、私《わたし》を脅《おど》そうとしてんじゃねぇよ！」

なにがあったんだ⁉

声《こえ》のするほうを見《み》ると、そこには新山《にいやま》くんと井戸口《いどぐち》の姿《すがた》があった。

井戸口《いどぐち》が新山《にいやま》くんに怒《おこ》り、スマホを踏《ふ》みつけている。

っていうか、なんでスマホがあるんだ……？

「ごめんなさい、ごめんなさい……っ、言《い》ってみただけです……」

「おい、どうしたんだよ、井戸口《いどぐち》」

平沢《ひらさわ》くんが駆《か》け寄《よ》っていくと、井戸口《いどぐち》はカンカンになりながら言《い》った。

「コイツが私《わたし》を脅《おど》してきたのよ！　秘密《ひみつ》を握《にぎ》ってるって言《い》って、隠《かく》し撮《ど》りした私《わたし》の音声《おんせい》を聞《き》かせてきたの！」

「つーか、新山《にいやま》、なんでお前《まえ》だけスマホ持《も》ってんだよ！　校則違反《こうそくいはん》だろーが！」

「い、いや……ないといろいろ不便《ふべん》だから制服《せいふく》のポケットに入《い》れてて……。もちろんここでも使《つか》えるかどうかは試《ため》したよ。圏外《けんがい》になっててつながらなかったんだけど、データなら見《み》れる、から」

「回《まわ》りくどく話《はな》してんじゃねぇよ」

平沢《ひらさわ》くんは横《よこ》たわっている新山《にいやま》くんを思《おも》いっきり踏《ふ》みつけた。

「い、痛《いた》い……痛《いた》いってば……」

「これ消《け》させてもらうから」

そう言《い》って、スマホを手《て》に取《と》ろうとした時《とき》、新山《にいやま》くんが大《おお》きな声《こえ》を出《だ》した。

「やめろ……！」

「やめろはこっちのセリフだよ。ストーカーとかキモいことしやがって。アンタがあの音声《おんせい》持《も》ってるってことは、うちのモデル事務所《じむしょ》に勝手《かって》に出入《でい》りしたってことでしょ。ここを出《で》たらアンタのこと、警察《けいさつ》に突《つ》き出《だ》すから」

井戸口《いどぐち》がそこまで言《い》うと、横《よこ》たわっていた新山《にいやま》くんが表情《ひょうじょう》をゆがめた。

「ふ、ふふ……っ、ふふ」

「なに笑《わら》ってんのよ、キモイわね！」

「この音声《おんせい》ばらまかれて困《こま》るのはどっちだよ」

そう言《い》うと、新山《にいやま》くんはスマホで音声《おんせい》を流《なが》し始《はじ》めた。

『どうやってファッション誌《し》の表紙《ひょうし》モデルの座《ざ》をゲットできたかって？　そんなの簡単《かんたん》。ちょ～っと裏方《うらかた》の人《ひと》にお金《かね》積《つ》んで編集長《へんしゅうちょう》にかけ合《あ》ってくれって言《い》っただけよ。ちょうど湯川香織《ゆかわかおり》が表紙《ひょうし》やる予定《よてい》だったから、ウソのウワサをSNS《エスエヌエス》にあげて炎上《えんじょう》させてさ。雑《ざっ》誌側《しがわ》も香織《かおり》が使《つか》えなくなったから、タイミングもバッチリって感《かん》じ？』

「なっ……」

「お前《まえ》は金《かね》の力《ちから》でのし上《あ》がり、ライバルだったモデルの湯川香織《ゆかわかおり》の悪評《あくひょう》をでっちあげてSNS《エスエヌエス》に流《なが》した。湯川《ゆかわ》は大炎上《だいえんじょう》し、モデルから女優《じょゆう》デビューするという夢《ゆめ》はたたれた。それどころか仕事《しごと》も干《ほ》され、モデルとして雑誌《ざっし》に出《で》ることさえ絶望的《ぜつぼうてき》になった」

え……!?

俺《おれ》は新山《にいやま》くんがこんなにハキハキとしゃべっているところを、今《いま》まで見《み》たことがない。

当然《とうぜん》、井戸口《いどぐち》に言《い》い返《かえ》すようなことも今《いま》まで一度《いちど》もなかったはずだ。

「な、なんで」

「なんで知《し》ってるのかって？　この情報《じょうほう》を提供《ていきょう》してくれたのが、湯川本人《ゆかわほんにん》だったからだよ」

「はぁ!?　意味《いみ》わからない。香織《かおり》とあんなみたいな陰《いん》キャがつながれるわけないでしょ!?」

「バカか。お前《まえ》……俺《おれ》は、**登録者数三十万人《とうろくしゃすうさんじゅうまんにん》のユーチューバーだ**」

そう言《い》って新山《にいやま》くんはスマホの画面《がめん》を見《み》せた。

どうやら配信中《はいしんちゅう》の様子《ようす》を録画《ろくが》したもののようだ。

モニターに映《うつ》っているアカウント名《めい》は【闇《やみ》を暴《あば》くケンケン】となっている。

有名人《ゆうめいじん》の秘密《ひみつ》やウワサを暴露《ばくろ》している動画《どうが》をあげているようだった。

「あんたが、暴露系《ばくろけい》ユーチューバーだったなんて……」

「しかもあのケンケンかよ。生配信《なまはいしん》してると投《な》げ銭《せん》とか、お金《かね》もけっこうもらってるよな」

中村《なかむら》くんが言《い》う。

そうだったのか……。知《し》らなかった……。

「俺《おれ》はネタさえあれば、自由《じゆう》に世間《せけん》を動《うご》かせる天才《てんさい》だ！　今日《きょう》だってお前《まえ》のゴシップを投稿《とうこう》するつもりだった！　それなのに、こんなことになっちまって……」

新山《にいやま》くんは歯《は》を食《く》いしばっていた。

「はぁ？　投稿《とうこう》する予定《よてい》だった？　ふざけんな！　強《つよ》くなった気《き》でいやがって、お前《まえ》はザコなんだよ！　こんな情報《じょうほう》を握《にぎ》ってようがいまいが、お前《まえ》が底辺《ていへん》なのは変《か》わらない！」

井戸口《いどぐち》はそう言《い》って新山《にいやま》くんのスマホを強《つよ》く踏《ふ》みつけて壊《こわ》した。

すると新山《にいやま》くんは笑《わら》う。

「ふっ、バックアップとってるに決《き》まってるだろ。ここを脱出《だっしゅつ》したら、必《かなら》ずお前《まえ》のことを投稿《とうこう》してやる。お前《まえ》は終《お》わりだ。社会的《しゃかいてき》に死《し》ね！」

「……っ」

井戸口《いどぐち》はくやしそうな顔《かお》をしながら平沢《ひらさわ》くんたちを見《み》る。

「ねぇ、康太《こうた》！　コイツ、調子乗《ちょうしの》ってるからボコボコにしちゃってよ！」

すると平沢《ひらさわ》くんはあっさりと答《こた》えた。

「それは無理《むり》だ」

「えっ」

「コイツがケンケンだって知《し》らなかった。知《し》ってたらイジメなんかしなかった」

すると平沢《ひらさわ》くんは新山《にいやま》くんに向《む》かって言《い》った。

「ケンケンさん、俺《おれ》たちのイジメの音声《おんせい》も録音《ろくおん》してますよね？」

平沢《ひらさわ》くんは新山《にいやま》くんにたずねる。

「もちろんだ。いつでも拡散《かくさん》できるようにしてあるぜ」

「なんだ、そうだったんなら早《はや》く言《い》ってくださいよ……イジメなんてしていた僕《ぼく》たちがバカでした。許《ゆる》してください。俺《おれ》これからケンケンさん側《がわ》につくんで……」

「はっ、いい心《こころ》がけだ。本当《ほんとう》ならユーチューバーやってることなんてバラすつもりはなかったんだ。俺《おれ》にはアンチも多《おお》いし、アンチがケンケンの正体《しょうたい》を暴《あば》いてやろうと動《うご》いていたのもあったしな。今《いま》の地位《ちい》を手放《てばな》すことに比《くら》べたら、学校《がっこう》でのイジメなんてなんでもなかったが、こうやってお前《まえ》らが俺《おれ》の下《した》につくんであれば、公表《こうひょう》してよかったのかもしれない」

「康太《こうた》!?　なにを言《い》ってんの!?　コイツはザコなのよ。なんでひれふして……」

「あの拡散力《かくさんりょく》があったらザコじゃねぇよ。投稿《とうこう》した瞬間《しゅんかん》、すぐに広《ひろ》まるだろ？　俺《おれ》、行《い》きたい高校《こうこう》あるんだ。炎上《えんじょう》なんかで人生終《じんせいお》わりにしたくねぇからよ。今日《きょう》からお前《まえ》は敵《てき》だ」

「そ、そんな……っ」

「ケンケンさんも一般人《いっぱんじん》の俺《おれ》らのイジメを配信《はいしん》するよりは、コイツの配信《はいしん》のほうが稼《かせ》げるだろう？」

「そのとおりだ」

「俺《おれ》らは一生《いっしょう》ケンケンさんに立《た》てつく人間《にんげん》が現《あらわ》れないように護衛《ごえい》するんで、それで許《ゆる》してくださいよぉ」

新山《にいやま》くんは考《かんが》えるそぶりを見《み》せると、こくんとうなずいた。

「悪《わる》くない取引《とりひき》だ。その代《か》わり、このクラスの中《なか》で俺《おれ》が一番《いちばん》エラいんだと自覚《じかく》しろ」

「もちろんです」

平沢《ひらさわ》くんがその場《ば》で頭《あたま》を下《さ》げる。

すると隣《となり》にいた中村《なかむら》くんも吉野《よしの》くんも同《おな》じように頭《あたま》を下《さ》げた。

「これで交渉成立《こうしょうせいりつ》だな」

井戸口《いどぐち》に見《み》せつけるように握手《あくしゅ》をすると、新山《にいやま》くんは勝《か》ち誇《ほこ》ったように笑《わら》った。

「う、う……」

その場《ば》でひざをつきながら泣《な》きだす井戸口《いどぐち》。

「だって、しかたなかったのよ……私《わたし》だって仲間《なかま》だった香織《かおり》のこと、蹴落《けお》としたくなかった。でも……上《うえ》に上《あ》がらなきゃ、あんたはいる意味《いみ》ないってお母《かあ》さんに言《い》われて……っ」

井戸口《いどぐち》、泣《な》いてる……？

「どうせここを出《で》たって、誰《だれ》も認《みと》めてくれないの……私《わたし》の居場所《いばしょ》はない。唯一《ゆいいつ》、居場所《いばしょ》だった学校《がっこう》も、もういられなくなっちゃった」

あんなに気《き》の強《つよ》い井戸口《いどぐち》にも抱《かか》えてるものがあったんだな。

お母《かあ》さんがそんなに厳《きび》しい人《ひと》だったなんて、聞《き》いたことがなかった。

モデルというプレッシャーもあったのかもしれない。

でも……やっていいことではなかった。

すると、彼女《かのじょ》は意外《いがい》なことを言《い》い出《だ》した。

「ここにいても地獄《じごく》……外《そと》に出《で》ても地獄《じごく》、か……もう生《い》きてる意味《いみ》なんかないわ……っ」

井戸口《いどぐち》はポロポロと涙《なみだ》を流《なが》す。

「ねえ、お願《ねが》い……。新山《にいやま》、あなたの手《て》で全部《ぜんぶ》を終《お》わらせて」

「井戸口《いどぐち》！」

俺《おれ》が声《こえ》をかけると井戸口《いどぐち》は首《くび》を横《よこ》にふってあきらめたように言《い》う。

「いいの……もう。全部《ぜんぶ》終《お》わりにしたい」

そう言《い》って再《ふたた》び新山《にいやま》くんに言《い》った。

「終《お》わらせて……私《わたし》の命《いのち》」

するとと新山《にいやま》くんはブツブツとつぶやく。

「そうだな……人《ひと》の死《し》があったほうが配信《はいしん》は広《ひろ》まりやすいし、注目《ちゅうもく》もされる。お前《まえ》が自《じ》殺《さつ》したあとに音声《おんせい》を流《なが》せば、百万回再生《ひゃくまんかいさいせい》……いや、三百万《さんびゃくまん》もいくかもしれない。いいだろう。手伝《てつだ》ってやるよ。お前《まえ》が死《し》んだあと、罪《つみ》の重《おも》さに耐《た》えられずに自殺《じさつ》したってしっかり説明《せつめい》しといてやるから。来《こ》い！」

そして言《い》って新山《にいやま》くんは、井戸口《いどぐち》の手《て》を引《ひ》いた。

向《む》かった先《さき》は、リセットボタンの部屋《へや》だった。

「やめろって、そんなことで命《いのち》を落《お》として、なにになるんだ！」

「ついて来《こ》ないで！」

俺《おれ》は井戸口《いどぐち》に強《つよ》く言《い》われ、足《あし》が止《と》まってしまった。

二人《ふたり》は中《なか》に入《はい》っていく。

「ダメだ！」

俺《おれ》も中《なか》に入《はい》ろうとしたけれど、渚《なぎさ》に止《と》められた。

「危《あぶ》ない、から……」

「そう、だけど……」

俺《おれ》たちが小屋《こや》の様子《ようす》を見《み》ていると、声《こえ》が聞《き》こえてくる。

「これはリセットボタンだ。お前《まえ》が押《お》せ」

「わかったから……。でもやっぱり迷《まよ》ってしまうかもしれないから、アンタに頼《たの》みがある。

私《わたし》の手《て》の上《うえ》から一緒《いっしょ》にボタンを押《お》してほしいの」

「いいだろう」

そう言《い》ってリセットボタンの上《うえ》に手《て》を乗《の》せる井戸口《いどぐち》。

本当《ほんとう》にいいのか……。

ここで死《し》んでいいのか……。

そう思《おも》っていると。

「じゃあ死《し》ねー！　井戸口《いどぐち》」

新山《にいやま》くんが勢《いきお》いよく井戸口《いどぐち》の手《て》の上《うえ》からボタンを押《お》した。

――ブーブーブー。

【リセットボタンが押《お》されました】

その瞬間《しゅんかん》、走《はし》って逃《に》げようとする井戸口《いどぐち》。

「なっ……」

新山《にいやま》くんを思《おも》いっきり突き飛《と》ばし、出口《でぐち》に向《む》かって一目散《いちもくさん》に走《はし》る。

井戸口《いどぐち》は……**元々《もともと》死《し》ぬ気《き》なんかなかったんだ。**

新山《にいやま》くんを犠牲《ぎせい》にするつもりでこの部屋《へや》に来《き》たんだ。

「待《ま》ちやがれ！」

新山《にいやま》くんは必死《ひっし》に起《お》き上《あ》がり、井戸口《いどぐち》の足《あし》をつかんだ。

「きゃっ！」

その反動《はんどう》で井戸口《いどぐち》が倒《たお》れこむ。

あと一歩《いっぽ》のところ、ドアノブをつかめるっていうタイミングで井戸口《いどぐち》は転《ころ》んでしまった。

その瞬間《しゅんかん》、カチッとカギが閉《し》まる音《おと》がする。

「ウ、ソ……」

井戸口《いどぐち》の顔《かお》は絶望《ぜつぼう》に染《そ》まった。

ロックがかかってしまったため、もう出《で》られない。

「ふざけんな、俺《おれ》を巻《ま》きこみやがって！　止《と》めろ！　止《と》めろ！　俺《おれ》は世界《せかい》を動《うご》かせる男《おとこ》だぞ！」

新山《にいやま》くんは小屋《こや》の扉《とびら》を強《つよ》くたたく。

「ただコイツを殺《ころ》したかっただけなのよ、お願《ねが》い……私《わたし》は助《たす》けて！」

二人《ふたり》の叫《さけ》びが響《ひび》き渡《わた》る。

しかし、もう助《たす》かることはない。白《しろ》いスモークは部屋中《へやじゅう》を包《つつ》みこむ。

「いや、死《し》にたくない！」

「やめろおおお、やめてくれえええええ！」

二人《ふたり》はその叫《さけ》び声《ごえ》を最後《さいご》に、声《こえ》をあげることはなくなった。

リセットボタンがこんなことに使《つか》われてしまうなんて……。

二人《ふたり》の死《し》に、誰《だれ》も口《くち》を開《ひら》く人《ひと》はいなかった。

ただぼうぜんと生気《せいき》のない目《め》で小屋《こや》を見《み》つめるだけ。

そして、覆面《ふくめん》の男《おとこ》たちが二人《ふたり》を運《はこ》び出《だ》したあとも放心状態《ほうしんじょうたい》になっていた。

×処刑《しょけい》

相川美月《あいかわみつき》
【罪状《ざいじょう》】黒岩龍《くろいわりゅう》への執着《しゅうちゃく》

井戸口真菜《いどぐちまな》
【罪状《ざいじょう》】ライバルのデマを流《なが》す
親《おや》から金《かね》を盗《ぬす》み、金《かね》の力《ちから》で地位《ちい》を得《え》る

新山健太《にいやまけんた》
【罪状《ざいじょう》】他人《たにん》の闇《やみ》の情報《じょうほう》を拡散《かくさん》

○生《い》き残《のこ》り

大貫《おおぬき》俊《しゅん》
椎名《しいな》渚《なぎさ》
中村《なかむら》啓介《けいすけ》
根本《ねもと》卓《すぐる》
花田《はなだ》麻子《あさこ》
浜中《はまなか》美緒《みお》
平沢《ひらさわ》康太《こうた》
松本《まつもと》拓人《たくと》
吉野《よしの》満《みつる》

残《のこ》り九人《きゅうにん》

第三《だいさん》ゲーム：罪《つみ》ダウトゲーム

ぼうぜんとしている俺《おれ》たちの前《まえ》にゲームマスターのサバキがやってきた。

サバキはあいかわらずご機嫌《きげん》で、ニヤニヤしながら言《い》った。

「まさかこのリセットボタンでこんなに犠牲者《ぎせいしゃ》が出《で》てしまうとは思《おも》いませんでしたね～！　リセットボタンは次《つぎ》のゲームのあとも有効《ゆうこう》ですので、罪《つみ》の重《おも》さにたえかねた人《ひと》はぜひ使《つか》ってくださいね」

俺《おれ》たちが苦《くる》しんでいるのを見《み》て楽《たの》しみやがって……！

「それじゃあ次《つぎ》のゲームへご案内《あんない》いたしましょう」

そう言《い》って隣室《りんしつ》に連《つ》れられて行《い》くと、そこには教卓《きょうたく》ぐらいの大《おお》きさの机《つくえ》が間隔《かんかく》を空《あ》けて向《む》かい合《あ》うように並《なら》べられていた。

そして後《うし》ろ側《がわ》には、イスが三脚並《さんきゃくなら》べられている。

なにが行《おこな》われるんだ……？

そう思《おも》っていると、サバキは言《い》った。

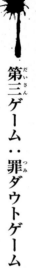

「第三《だいさん》ゲーム、**罪《つみ》ダウトゲーム**」

サバキの声《こえ》が響《ひび》き渡《わた》る。罪《つみ》ダウト？

さんざんお前《まえ》たちは罪《つみ》を犯《おか》したと言《い》っていたサバキ。

ゲームの名前に「罪《つみ》」が入《はい》っているということは、このゲームでクラスメイト全員《ぜんいん》の罪《つみ》が明《あ》かされる可能性《かのうせい》もあるってことか？

「このゲームは、回答者《かいとうしゃ》チームと罪人《ざいにん》チームに分《わ》かれて**罪《つみ》を暴《あば》き合《あ》うゲームです**」

やっぱり、罪《つみ》を暴《あば》くってことはそうなのか……。

「三人《さんにん》で一組《ひとくみ》、三《みっ》つのチームで対戦《たいせん》してもらいます。ちなみに……チームはこちらで決《き》めさせてもらいました」

チーム戦《せん》……。ここで仲間《なかま》と協力《きょうりょく》するゲームがくるのか……。

「ルールを説明《せつめい》するのでよく聞《き》いておいてくださいね。チームは罪《つみ》を隠《かく》す**【罪人《ざいにん》】**、罪人《ざいにん》の罪《つみ》を当《あ》てる**【回答者《かいとうしゃ》】**、ゲームを見学《けんがく》する**【傍観者《ぼうかんしゃ》】**の役《やく》がそれぞれ割《わ》り当《あ》てられます」

なるほど……罪人役《ざいにんやく》と回答者側《かいとうしゃがわ》が戦《たたか》うってことか……。

「ゲームがスタートするとまず、十五分間《じゅうごふんかん》の**作戦《さくせん》タイム**が与《あた》えられます。回答者《かいとうしゃ》チームは罪名《ざいめい》が書《か》かれたダミーを含《ふく》む四枚《よんまい》のカードの中《なか》から、罪人《ざいにん》チームの三人《さんにん》それぞれの罪《つみ》を推理《すいり》してください。一方《いっぽう》、罪人《ざいにん》チームは、罪《つみ》を暴《あば》かれないための作戦《さくせん》をねります」

サバキは淡々《たんたん》とルールを説明《せつめい》していく。

「続《つづ》いて十五分《じゅうごふん》の**トークタイム**。罪人《ざいにん》チームが罪《つみ》について語《かた》ることができるターンです。罪《つみ》を的中《てきちゅう》されないようにウソをつくのでもいいし、本当《ほんとう》のことを言《い》って相手《あいて》をまどわせるでもヨシ！　なにを話《はな》してもらってもＯＫです！」

「………………」

「そして最後《さいご》に行《おこな》われるのが、**罪暴《つみあば》きタイム**。回答者《かいとうしゃ》チームは選《えら》んだカードを出《だ》して、罪人《ざいにん》チームの罪《つみ》を発表《はっぴょう》してください。罪人《ざいにん》チームは三人全員《さんにんぜんいん》の罪《つみ》を当《あ》てられたら、ゲームオーバー！　処刑《しょけい》されます。当《あ》てられたのが一人《ひとり》か二人《ふたり》だけならセーフ、生《い》き残《のこ》ります」

処刑《しょけい》……。

とにかく罪人《ざいにん》チームになった時《とき》に、罪《つみ》を当《あ》てられないようにしないといけないのか。

すると吉野《よしの》くんが手《て》をあげて質問《しつもん》をした。

「もし回答者《かいとうしゃ》チームが、罪人《ざいにん》チームの罪《つみ》を当《あ》てられなかったらどうなるんだ？」

たしかにそうだ……。なんの説明《せつめい》もなかったな……。

「それは……なにも起《お》こらないよ。答《こた》えをはずしたってことでゲームは終了《しゅうりょう》です」

罪人《ざいにん》：自分《じぶん》の罪《つみ》が書《か》かれたカードが渡《わた》される

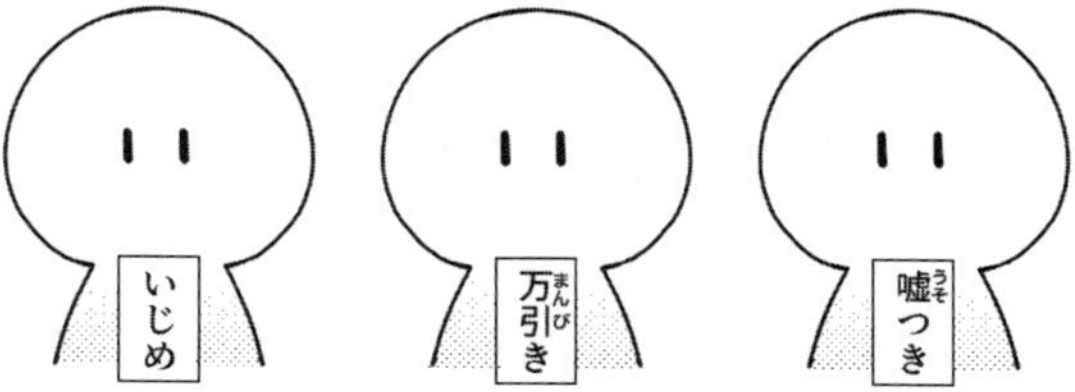

回答者《かいとうしゃ》：配《くば》られたカードから、罪人《ざいにん》それぞれの罪《つみ》を当《あ》てる

ダミーカード
（誰《だれ》の罪《つみ》でもないカードも交《ま》ざっている）

罪人全員《ざいにんぜんいん》の罪《つみ》を当《あ》てられたら

処刑《しょけい》

1人《ひとり》でも外《はず》れたら
罪人《ざいにん》は全員《ぜんいん》助《たす》かる

セーフ

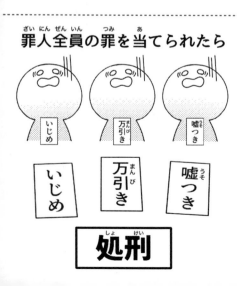

「はぁ⁉」

「このゲームは罪人《ざいにん》チームが罪《つみ》を当《あ》てられないようにするゲーム……。繰《く》り返《かえ》しますが、**罪人《ざいにん》チームの全員《ぜんいん》が罪《つみ》を当《あ》てられてしまったら、即処刑《そくしょけい》！** 全員死《ぜんいんし》んでもらうよ」

「……っ！」

つまり罪人《ざいにん》チームになった時《とき》が最《もっと》も重要《じゅうよう》な時間《じかん》になる。

「そ、それじゃあ……罪人《ざいにん》チームを助《たす》けるために、わざと答《こた》えをはずしてもいいってこと？」

渚《なぎさ》がおそるおそるたずねる。

そうだ……そうなるよな。

だってクラスメイトだ。罪《つみ》を当《あ》てても当《あ》てなくても、回答者《かいとうしゃ》チームになにも起《お》こらないなら、わざとはずしてあげたほうがいい。

「もちろんそれでもいいですけど～。敵《てき》の数《かず》は減《へ》らしておくほうが安心《あんしん》かもよ？」

「えっ」

「みんな最後《さいご》のゲームが残《のこ》っていることを忘《わす》れてない？　最後《さいご》のゲーム、もしもたった一人《ひとり》しかここから出《で》られないって言《い》われたら、どうするんですか？」

最後《さいご》のゲーム、ここから一人《ひとり》しか脱出《だっしゅつ》できないルール……。

俺《おれ》たちは顔《かお》を見合《みあ》わせる。

全員《ぜんいん》の顔色《かおいろ》が変《か》わった。

考《かんが》えてなかった……。そんなゲームがあるかもしれないってこと……。

「だ、大丈夫《だいじょうぶ》だよ！　なぁ……こんなの脅《おど》しで言《い》ってるだけで……」

俺《おれ》が伝《つた》えても、誰《だれ》も返事《へんじ》をしてくれなかった。マズいかもしれない……。

さっきのサバキの言葉《ことば》で、周《まわ》りにいるクラスメイトが味方《みかた》ではないことを実感《じっかん》してしまった。

「さぁ、あとはやってみるほうが早《はや》いかな！　名前《なまえ》を呼《よ》ばれたら、チームごとに集《あつ》まってください」

そう言《い》ってサバキは紙《かみ》を開《ひら》くと、名前《なまえ》を呼《よ》び出《だ》した。

「まずA《エー》グループ。中村啓介《なかむらけいすけ》・浜中美緒《はまなかみお》・松本拓人《まつもとたくと》」

勝手《かって》にチームを決《き》められてるけど、どんな組《く》み合《あ》わせになってるんだ。

「そしてB《ビー》グループは根本卓《ねもとすぐる》・花田麻子《はなだあさこ》・吉野満《よしのみつる》」

卓《すぐる》……。

卓《すぐる》とは離《はな》れたけれど、卓《すぐる》のチームには彼《かれ》と仲《なか》のいい吉野《よしの》くんもいる。

これは有利《ゆうり》、不利《ふり》、どっちに働《はたら》くんだろう……。

「Cグループ《シー》、大貫俊《おおぬきしゅん》・椎名渚《しいななぎさ》・平沢康太《ひらさわこうた》」

渚《なぎさ》といっしょのチームでほっとした半面《はんめん》、そこに平沢《ひらさわ》くんがいることを不安《ふあん》に思《おも》う。

「よぉ〜よろしくなぁ？」

ニヤニヤ笑《わら》いながら肩《かた》を組《く》んでくる平沢《ひらさわ》くん。

「……っ」

「おいおいそんな顔《かお》すんなよ。今回《こんかい》は仲間《なかま》なんだからよぉ。みんなでがんばろうな」

彼《かれ》は信用《しんよう》できない。でも、今回《こんかい》はチーム戦《せん》。

全員《ぜんいん》の罪《つみ》が見破《みやぶ》られた時《とき》、俺《おれ》たちは死《し》んでしまう。

このゲームは協力《きょうりょく》するしかないから、平沢《ひらさわ》くんが悪《わる》いことをたくらんだりはしないって思《おも》ってもいいのか？

「Aグループ《エー》が罪人《ざいにん》チームとなります！　前《まえ》に出《で》てきてくださいね〜！」

A《エー》グループが前側《まえがわ》の机《つくえ》に移動《いどう》する。

「そして回答者《かいとうしゃ》チームは、B《ビー》グループ！」

俺《おれ》らは傍観者《ぼうかんしゃ》ってことか……。

「渚《なぎさ》、行《い》こう」

「うん……」

俺《おれ》たちは傍観者席《ぼうかんしゃせき》に座《すわ》った。

最初《さいしょ》にゲームの内容《ないよう》を見《み》ていられるのは気《き》が楽《らく》かもしれない。

まだちゃんとルールを把握《はあく》できてないわけだし……。

●第一回戦《だいいっかいせん》

罪人《ざいにん》　：中村啓介《なかむらけいすけ》・浜中美緒《はまなかみお》・松本拓人《まつもとたくと》（A《エー》グループ）

回答者《かいとうしゃ》：根本卓《ねもとすぐる》・花田麻子《はなだあさこ》・吉野満《よしのみつる》（B《ビー》グループ）

傍観者《ぼうかんしゃ》：大貫俊《おおぬきしゅん》・椎名渚《しいななぎさ》・平沢康太《ひらさわこうた》（C《シー》グループ）

回答者《かいとうしゃ》チームに選《えら》ばれたメンバーが席《せき》につくと、ゲームが始《はじ》まった。

「まず、回答者《かいとうしゃ》チームには四枚《よんまい》の**罪名《ざいめい》カード**を配《くば》るよ」

覆面《ふくめん》をかぶったゲームマスターが現《あらわ》れ、回答者《かいとうしゃ》チームの机《つくえ》の上《うえ》にカードを四枚置《よんまいお》いていく。

「このカードには、罪人《ざいにん》チームの罪《つみ》が書《か》かれたものが三枚《さんまい》に、全《まった》く関係《かんけい》のない罪《つみ》が書《か》かれた**ダミーカード**一枚《いちまい》がまぎれています。カードに書《か》かれた四《よっ》つの罪《つみ》の内容《ないよう》の中《なか》から、罪人《ざいにん》チームの誰《だれ》がどの罪《つみ》を犯《おか》したかを当《あ》ててもらうよ」

当《あ》てられれば、クラスメイトの罪《つみ》がわかるということ。

どうすりゃいいんだ……。

次《つぎ》にサバキは罪人《ざいにん》チームにカードを一枚《いちまい》ずつ配《くば》った。

罪人《ざいにん》チームの人《ひと》がそれをめくり驚《おどろ》いた表情《ひょうじょう》をする。

「今《いま》、**罪人《ざいにん》チームに渡《わた》したカードには、彼《かれ》らの罪名《ざいめい》が書《か》かれています。**罪暴《つみあば》きタイムの時《とき》に罪《つみ》を当《あ》てられた場合《ばあい》は、めくってもらうよ！　罪《つみ》を当《あ》てられたのに、めくらなかったり、隠《かく》そうとしたりしたら、その場《ば》で即処刑《そくしょけい》だから、気《き》をつけてくださいね！」

なるほど……。

逆《ぎゃく》に言《い》えば**当《あ》てられなかった場合《ばあい》は、自分《じぶん》の罪《つみ》を隠《かく》すことができる**ってことか。

「みんな準備《じゅんび》はいいかなぁ？」

サバキがたずねる。ゲームのルールはなんとなくわかった。

「それじゃあ罪《つみ》ダウトゲーム、スタート！」

サバキの号令《ごうれい》を合図《あいず》に、それぞれのチームは動《うご》き始《はじ》めた。

最初《さいしょ》は作戦《さくせん》タイムだ。

回答者《かいとうしゃ》チームのB《ビー》グループは、テーブル上《じょう》に罪名《ざいめい》カードを並《なら》べ、すべて表《おもて》にした。


【クラスメイトへのイジメ】

【友達《ともだち》の持《も》ち物《もの》を盗《ぬす》む】

【ドラックストアでコスメの万引《まんび》き】

【カンニング】


すぐには話《はなし》の議論《ぎろん》に入《はい》らず、まずカードの中身《なかみ》を見《み》せ、罪人《ざいにん》チームの反応《はんのう》をうかがっているようだった。

そっか。罪人《ざいにん》チームになったら、おたがいの罪《つみ》は教《おし》え合《あ》ったほうがいいって思《おも》ってたけど、相手《あいて》に反応《はんのう》だって見《み》られる。

チーム内《ない》のメンバーの罪《つみ》が予想外《よそうがい》のものだったら、いくら同《おな》じチームであっても表情《ひょうじょう》や態度《たいど》に出《で》てしまうかもしれない。

仲間《なかま》の罪《つみ》を知《し》ったぶん、隠《かく》さないといけないことが増《ふ》えるから、逆《ぎゃく》にそこでヒントを与《あた》えてしまうかもしれないのか……。

B《ビー》グループも賢《かしこ》いな……。

B《ビー》グループは意外《いがい》にも吉野《よしの》くんがリーダーになってゲームを進《すす》めているようだった。

「満《みつる》のやつ、やっぱやるな」

平沢《ひらさわ》くんが誰《だれ》かをほめるなんてめずらしいな……。

一方《いっぽう》、罪人《ざいにん》チームのA《エー》グループはおたがいに罪《つみ》を教《おし》え合《あ》うことにしたらしい。

身《み》を寄《よ》せ合《あ》って罪名《ざいめい》カードを見《み》せているが、みんなが気《き》まずそうな顔《かお》をしている。

そりゃ、そうだよな……。

それまで全《まった》く知《し》らなかったクラスメイトの裏《うら》の顔《かお》を知《し》っちゃうんだから……。

それからあっという間《ま》に十五分《じゅうごふん》という時間《じかん》は過《す》ぎていった。

次《つぎ》は罪人《ざいにん》チームのトークタイムだ。

「それでは、罪人《ざいにん》のみなさま。次《つぎ》の十五分《じゅうごふん》で自《みずか》らの罪《つみ》についてトークをしてくださ い〜！

よーいスタート！」

スタートを合図《あいず》に話《はな》しだしたのは、中村《なかむら》くんだった。

「回《まわ》りくどいのは、嫌《きら》いだから今《いま》から俺《おれ》たちは本当《ほんとう》のことを言《い》う。それをどう思《おも》うかはお前《まえ》らの自由《じゆう》だ。**俺《おれ》の罪《つみ》は、仁科《にしな》と新山《にいやま》へのイジメだ**」

中村《なかむら》くんの罪《つみ》が、平沢《ひらさわ》くん同様《どうよう》みんなが知《し》っている。だから本当《ほんとう》のことを言《い》うしかないんだろう。

ちょっと待《ま》てよ。

ってことは、俺《おれ》たちC《シー》グループもめちゃくちゃ不利《ふり》になるってことじゃないか。

平沢《ひらさわ》くんの罪《つみ》がクラスメイト全員《ぜんいん》に知《し》られているってことは、俺《おれ》と渚《なぎさ》の二人《ふたり》だけでなんとかみんなを欺《あざむ》かないといけないということ。

これはかなり厳《きび》しい戦《たたか》いになるかもしれない。

次《つぎ》に浜中《はまなか》が話《はな》しだす。

「わ、私《わたし》の罪《つみ》は……**真菜《まな》のコスメを盗《ぬす》んだこと……**」

そして最後《さいご》に松本《まつもと》くんも口《くち》を開《ひら》いた。

「お、俺《おれ》の罪《つみ》は**カンニング**だ……」

みんな気《き》まずそうに言葉《ことば》を発《はっ》している。

正直《しょうじき》、浜中《はまなか》と松本《まつもと》については本当《ほんとう》かウソかはわからない。

三人《さんにん》はそれだけを伝《つた》えると、黙《だま》りこんでしまった。

浜中《はまなか》は井戸口《いどぐち》と仲《なか》がよかったはずなのに、コスメを盗《ぬす》んだって、どういうことなんだ?

「それでは、B《ビー》グループのみなさまはA《エー》グループが犯《おか》した罪《つみ》を確定《かくてい》させてください」

B《ビー》グループのチームの意見《いけん》がそろったようだ。

「それでは最後《さいご》、罪暴《つみあば》きタイムに入《はい》ります」

いよいよ罪《つみ》が暴《あば》かれる時間《じかん》か……。

「まず、回答者《かいとうしゃ》チームのみなさまは中村啓介《なかむらけいすけ》くんの罪《つみ》だと思《おも》うカードを掲《かか》げてください」

B《ビー》グループは、**【クラスメイトへのイジメ】**と書《か》かれたカードをあげた。

「それでは中村啓介《なかむらけいすけ》くん。このカードと同《おな》じだった場合《ばあい》のみカードをめくってください」

中村《なかむら》くんが息《いき》をのむ。そして彼《かれ》はゆっくりとカードをめくった。

そこには当然《とうぜん》【クラスメイトへのイジメ】と書《か》かれている。

そうだよな……。ここは一番《いちばん》わかりやすいところだ。

「それでは、次《つぎ》に浜中美緒《はまなかみお》さんの罪《つみ》を掲《かか》げてください」

回答者《かいとうしゃ》チームがカードをあげる。

【ドラックストアでコスメの万引《まんび》き】

えっ。

本人《ほんにん》は大《だい》の仲良《なかよ》しである井戸口《いどぐち》のコスメを盗《ぬす》んだって言《い》ってたが……。

「それでは浜中美緒《はまなかみお》さん。この罪《つみ》が正《ただ》しかった場合《ばあい》カードをめくってください」

浜中《はまなか》はなかなかめくろうとしない。

やっぱり間違《まちが》っているのか……。そう思《おも》った時《とき》、彼女《かのじょ》はカードをめくった。

【ドラックストアでコスメの万引《まんび》き】

どうしてウソを言《い》ってるってわかったんだ？

浜中《はまなか》は気《き》まずそうな顔《かお》をしている。

「だませたと思《おも》った？　実《じつ》は、花田《はなだ》が見《み》てたんだよ」

吉野《よしの》くんが言《い》う。

すると花田《はなだ》が口《くち》を開《ひら》いた。

「わ、私《わたし》……買《か》い物《もの》に行《い》った時《とき》にたまたま……美緒《みお》ちゃんが万引《まんび》きしてるのを見《み》ちゃって……その時《とき》は大《おお》ごとになったらかわいそうだと思《おも》って、誰《だれ》にも言《い》わないであげたの。まさかそれがこんなところで役《やく》に立《た》つなんて……」

「ヒドイ！　だったら最後《さいご》まで黙《だま》っててくれたらいいじゃない！」

浜中《はまなか》が声《こえ》を荒《あら》らげる。

「私《わたし》も、そう思《おも》ったけど……でも私《わたし》ゲームでなにもできなくて……次《つぎ》に死《し》んじゃうんじゃないかって怖《こわ》かったの。そしたら吉野《よしの》くんが、知《し》っていることを話《はな》すことでみんなに貢献《こうけん》できるって……。このチームを花田《はなだ》さんの手《て》で勝《か》ちに導《みちび》くことができるんだよって言《い》われて……うれしくて」

「なによ、それ……」

吉野《よしの》くんがそんなことを……。どういうことだ。

これじゃあまるで、A《エー》グループを本気《ほんき》で殺《ころ》しにきてるみたいじゃないか……。

ウソだよな……。そんなことないよな。

するとサバキが間《あいだ》に入《はい》って言《い》う。

「まだゲームは終《お》わってないよ～！　ほら、次《つぎ》、松本拓人《まつもとたくと》くんの罪《つみ》オープン！」

そして最後《さいご》にB《ビー》グループはカードをあげた。

【カンニング】

これは松本《まつもと》の言《い》ったとおりにしたってことか……。

「さぁ、正《ただ》しかったらめくってくださいね」

サバキの声《こえ》を合図《あいず》に松本《まつもと》くんに注目《ちゅうもく》が集《あつ》まる。

しかし、松本《まつもと》くんは動《うご》かなかった。

はずれってことか……？

「あれあれ〜〜？　ズルはいけませんよ？　松本《まつもと》くんの罪《つみ》は、カンニングだよねぇ？」

そう言《い》ってサバキが彼《かれ》のカードをめくる。

そこには**【カンニング】**と書《か》かれていた。

当《あ》たってしまった……。A《エー》グループのすべての罪《つみ》が……。

「それじゃあ約束通《やくそくどお》り、みなさまには死《し》んでもらいます〜！」

どうしよう。A《エー》グループの人《ひと》が死《し》んでしまう。

「って言《い》いたいところなんだけど、一回目《いっかいめ》でちょっと不利《ふり》っていうのもあるので、A《エー》グループは、第三開戦《だいさんかいせん》でC《シー》グループ人たちの罪《つみ》をピッタリ当《あ》てられたら死《し》を免《まぬが》れる特別《とくべつ》ルールにしまーす。僕《ぼく》ってやさしい〜〜」

三人《さんにん》はほっと息《いき》をついた。

ゲームが終《お》わると、すぐに次《つぎ》のゲームの準備《じゅんび》をすることになる。

「さぁ今度《こんど》は、回答者《かいとうしゃ》チームだったB《ビー》グループのみなさまが罪人《ざいにん》チーム、傍観者《ぼうかんしゃ》チームのC《シー》グループのみなさまが回答者《かいとうしゃ》チームになります。A《エー》グループのみなさまは傍観者席《ぼうかんしゃせき》で見学《けんがく》です。それぞれ位置《いち》に移動《いどう》してください」

すると移動《いどう》の途中《とちゅう》、中村《なかむら》くんが吉野《よしの》くんの胸《むな》ぐらをつかんだ。

「おい、お前《まえ》ふざけんなよ！　友達《ともだち》じゃなかったのかよ！　なんでわざわざ全員分当《ぜんいんぶんあ》てるようなことしたんだよ！　適当《てきとう》にやってはずせばいいだろうが！」

中村《なかむら》くんはかなりキレていて手《て》がつけられないような感《かん》じだった。

そりゃそうだよな……。

友達《ともだち》だと思《おも》ってた人《ひと》がまさか、真剣《しんけん》にゲームをクリアしてA《エー》グループ全員《ぜんいん》を犠牲《ぎせい》にしようとしてたなんて。

「悪《わる》く思《おも》わないでくれよ。このゲームは戦《せん》場《じょう》なんだ。誰《だれ》かを助《たす》けようなんて考《かんが》えてい

たら、今度《こんど》は僕《ぼく》のほうが足《あし》をすくわれる。それに……僕《ぼく》、キミのこと友達《ともだち》だと思《おも》ってないし」

「ハア⁉　テメエ、なめてんのか……！」

中村《なかむら》くんが吉野《よしの》くんに殴《なぐ》りかかろうとした瞬間《しゅんかん》、平沢《ひらさわ》くんが仲裁《ちゅうさい》に入《はい》った。

「啓介《けいすけ》、キレんなって」

「だって俺《おれ》……次当《つぎあ》てないと死《し》んじゃうんだぞ⁉　次当《つぎあ》てるって……康太《こうた》のチームじゃん。俺《おれ》たちが戦《たたか》い合《あ》わないといけないなんて、おかしいだろ……っ」

「大丈夫《だいじょうぶ》だ。俺《おれ》の罪《つみ》はほとんどみんなが知《し》ってるしな」

「でもそれじゃあ、康太《こうた》が……」

「いいから、とりあえず落《お》ち着《つ》け」

平沢《ひらさわ》くんは中村《なかむら》くんの肩《かた》をポンとたたいて落《お》ち着《つ》かせた。

案外仲間《あんがいなかま》にはやさしいのか……？

大丈夫《だいじょうぶ》だって言《い》ってたけれど、今度《こんど》は俺《おれ》らが大丈夫《だいじょうぶ》じゃなくなるよな……。

「それでは、みなさま所定《しょてい》の位置《いち》につきましたか？　ゲームを始《はじ》めていきましょう」

●第二回戦《だいにかいせん》

罪人《ざいにん》：根本卓《ねもとすぐる》・花田麻子《はなだあさこ》・吉野満《よしのみつる》（B《ビー》グループ）

回答者《かいとうしゃ》：大貫俊《おおぬきしゅん》・椎名渚《しいななぎさ》・平沢康太《ひらさわこうた》（C《シー》グループ）
傍観者《ぼうかんしゃ》：中村啓介《なかむらけいすけ》・浜中美緒《はまなかみお》・松本拓人《まつもとたくと》（A《エー》グループ）

「それでは、作戦《さくせん》タイムスタート！」

スタートを合図《あいず》に俺《おれ》たちは机《つくえ》に用意《ようい》された四枚《よんまい》のカードをめくることにした。

【友達《ともだち》を階段《かいだん》から突《つ》き落《お》とす】

【親友《しんゆう》への暴言《ぼうげん》】

【イジメの見過《みす》ごし】

【イジメの首謀者《しゅぼうしゃ》】

四《よっ》つのカードに書《か》かれた罪《つみ》。

この中《なか》から予想《よそう》を立《た》てないといけない。

「あ、あのさ……」

俺《おれ》は平沢《ひらさわ》くんに真剣《しんけん》に頼《たの》みこんだ。

「できれば当《あ》てないようにしたいんだ。仲《なか》のいい友達《ともだち》がいるから……お願《ねが》いだ。頼《たの》む」

俺《おれ》は深《ふか》く頭《あたま》を下《さ》げた。

平沢《ひらさわ》くんは許可《きょか》しないかもしれない。

しかし彼《かれ》は言《い》った。

「いいぜ」

「えつ、いいのか？」

「ああ。めんどくせーからよぉ。勝手《かって》にやっといてくれ」

「そ、そんな……」

ゲームに参加《さんか》するつもりはないってことか？

でも、ひとまず安心《あんしん》だ。

平沢《ひらさわ》くんのことだから、なんとしてでも当《あ》てろって言《い》うかもしれないと思《おも》ったから。

すると渚《なぎさ》が言《い》う。

「絶対《ぜったい》にありえないものを当《あ》てはめていこう……」

「そうだな」

俺《おれ》たちは、絶対《ぜったい》にありえないものとして花田《はなだ》には【親友《しんゆう》への暴言《ぼうげん》】だと予想《よそう》した。

卓《すぐる》には【イジメの首謀者《しゅぼうしゃ》】、そして吉野《よしの》くんには【友達《ともだち》を階段《かいだん》から突《つ》き落《お》とす】を選《えら》ぶことにした。

吉野《よしの》くんは、おだやかな性格《せいかく》をしているし、カッとなってもこういうことをしそうに見《み》えない。

あとは、次《つぎ》のトークタイムでそれぞれの顔色《かおいろ》や話《はな》し方《かた》を見《み》て、微《び》調整《ちょうせい》をする。

するとサバキが声《こえ》をあげる。

「ターイムアップ！　次《つぎ》はトークタイムに移《うつ》るよ。B《ビー》グループのみなさまは十五分間《じゅうごふんかん》トークをしてください」

すると、B《ビー》グループは手《て》を前《まえ》で組《く》み、そっと目《め》をつぶりはじめた。

そして誰《だれ》も口《くち》を開《ひら》こうとはしない。

なるほど……。

余計《よけい》な情報《じょうほう》を与《あた》えないように、トークをスキップするってことか。

かしこいな……これも吉野《よしの》くんが考《かんが》えたのか？

シーンとして誰《だれ》も話《はなし》をしない時間《じかん》が十五分《じゅうごふん》続《つづ》いた。

「十五分間《じゅうごふんかん》なにも話《はな》さないとは驚《おどろ》きでしたね～！　それじゃあそろそろ、罪暴《つみあば》きタイムといきましょうか」

サバキはそう言《い》うと、息《いき》を吸《す》いこんで言《い》った。

「それではＣ《シー》グループのみなさん、始《はじ》めに花田麻子《はなだあさこ》さんの罪《つみ》のカードを掲《かか》げてください！」

俺《おれ》がカードをひっくり返《かえ》す。

「では、花田《はなだ》さん。この罪《つみ》が正《ただ》しかった場合《ばあい》、めくってください！」

大丈夫《だいじょうぶ》。きっとはずれるはずだ……。

祈《いの》るように見《み》ていた時《とき》、花田《はなだ》は目《め》の前《まえ》のカードをめくった。


【親友《しんゆう》への暴言《ぼうげん》】


「ウソ、だろ……」

一番《いちばん》言《い》わなさそうなタイプなのに、なんで……。

すると花田《はなだ》は動揺《どうよう》したように言《い》った。

「ち、違《ちが》うのよ……これは、里美《さとみ》ちゃんが悪《わる》いのよ！　だって里美《さとみ》ちゃん、なにをするにものノロくてトロくさい！　私《わたし》がいないとなんにもできない子《こ》だったから救《すく》ってあげてたのよ」

クラスでも仲《なか》のいい二人《ふたり》だと思《おも》っていたが……。

まさか花田《はなだ》が暴言《ぼうげん》を吐《は》いていたなんて……。

それに救《すく》ってあげたと言《い》いながら、第二《だいに》ゲームでは城山《しろやま》を見殺《みごろ》しにして自分《じぶん》だけ脱出《だっしゅつ》した。

もうなにを信《しん》じたらいいかわからない。

「そ、そんな目《め》で見《み》ないでよ……！　いやっ、やめてよ！　しょうがないでしょ！　私《わたし》が教育《きょういく》してあげてたのよ！」

花田《はなだ》さんは声《こえ》を荒《あら》らげるが、ゲームはまだ途中《とちゅう》。サバキは強制的《きょうせいてき》にゲームを続《つづ》けた。

「残念《ざんねん》。当《あ》てられてしまいましたね〜。それじゃあ次《つぎ》は吉野満《よしのみつる》くんの罪《つみ》を予想《よそう》してもらいましょう！」

俺《おれ》たちはそう言《い》われ、カードをあげた。

【友達《ともだち》を階段《かいだん》から突《つ》き落《お》とす】

こんな犯罪行為《はんざいこうい》……きっとこれがダミーカードであると信《しん》じたい。

「それでは吉野満《よしのみつる》くん、罪《つみ》が当《あ》たっていたら自分《じぶん》のカードをめくってください！」

俺《おれ》たちは真剣《しんけん》に吉野《よしの》くんを見《み》つめる。

彼《かれ》は手《て》を下《お》ろしたまま、カードに触《ふ》れることはなかった。

「失敗《しっぱい》〜〜！　吉野《よしの》くんの罪《つみ》はこれではありません！」

俺《おれ》はほっとした。

失敗《しっぱい》だと言《い》われてほっとするなんて本来《ほんらい》はおかしいんだけど、これで卓《すぐる》たちは助《たす》かった。

「じゃあもう最後《さいご》は簡単《かんたん》にいきましょう！　根本卓《ねもとすぐる》くんの罪《つみ》だと思《おも》うカードをめくってください」

俺《おれ》たちはさっとカードをあげた。

【イジメの首謀者《しゅぼうしゃ》】

やさしい卓《すぐる》に限《かぎ》って、こんなのはありえない。

「さぁ、根本卓《ねもとすぐる》くん、この罪《つみ》が正《ただ》しかった場合《ばあい》のみカードをめくってください」

そういえば、卓《すぐる》の罪《つみ》ってなんだろう。

聞《き》いたことなかったな……。

親友《しんゆう》への暴言《ぼうげん》以外《いがい》で、他《ほか》に当《あ》てはまるものがあるってことなんだよな。

卓《すぐる》はカードをめくらなかった。

「残念《ざんねん》〜〜〜！　卓《すぐる》くんの罪《つみ》はイジメの首謀者《しゅぼうしゃ》ではありません〜！」

よかった。

でも……残《のこ》ってるのって……。

【友達《ともだち》を階段《かいだん》から突《つ》き落《お》とす】

【イジメの見過《みす》ごし】

もしかしてイジメの見過《みす》ごし……？

そう、だよな……。

そう思《おも》っていると、卓《すぐる》がこっちにやってきた。

「ありがとう、俊《しゅん》。お前《まえ》がわざと、当《あ》たらないように予想《よそう》してくれたんだよな」

「う、うん」

「次《つぎ》、気《き》をつけてな」

「ああ、そうだな……」

問題《もんだい》は次《つぎ》だ。なんとしてでも当《あ》てられないようにしないといけない。

●第三回戦《だいさんかいせん》

罪人《ざいにん》　：大貫俊《おおぬきしゅん》・椎名渚《しいななぎさ》・平沢康太《ひらさわこうた》（C《シー》グループ）

回答者《かいとうしゃ》：中村啓介《なかむらけいすけ》・浜中美緒《はまなかみお》・松本拓人《まつもとたくと》（A《エー》グループ）

傍観者《ぼうかんしゃ》：根本卓《ねもとすぐる》・花田麻子《はなだあさこ》・吉野満《よしのみつる》（B《ビー》グループ）

「それではC《シー》グループのみなさんは、罪人《ざいにん》チーム。A《エー》グループのみなさんは回答者《かいとうしゃ》チームとして、指定《してい》の場所《ばしょ》に移動《いどう》してください」

俺《おれ》たちはみんなの前《まえ》に立《た》つ。

そこには自分《じぶん》の罪《つみ》が書《か》かれたカードが用意《ようい》されていた。

俺《おれ》の罪《つみ》……。これを渚《なぎさ》に知《し》られてしまう可能性《かのうせい》もあるのか……。

覚悟《かくご》を決《き》めなくちゃいけない。

「それでは十五分《じゅうごふん》の作戦《さくせん》タイムスタート！」

ゲームが開始《かいし》して早々《そうそう》に平沢《ひらさわ》くんが言《い》った。

「俺《おれ》たちは全員《ぜんいん》の罪《つみ》をここで開示《かいじ》する」

「えっ」

さっきまでどうでもいいって言《い》ってたのに、急《きゅう》に平沢《ひらさわ》くんが仕切《しき》りだしたことに危機感《きき かん》を覚《おぼ》える。

「で、でもわざわざ言《い》わなくてもいいんじゃ……」

隣《となり》にいた渚《なぎさ》が弱々《よわよわ》しく言《い》った。

「俺《おれ》も開示《かいじ》しないで進《すす》められるならそれで……」

「ふざけんな!!」

急《きゅう》に怒鳴《どな》りだす平沢《ひらさわ》くん。

「俺《おれ》の罪《つみ》はクラスのほとんどのやつが知《し》ってるんだ！　お前《まえ》ら二人《ふたり》でどうにかごまかさないと死《し》ぬことになるだろうが！」

それは、そうだけど……。開示《かいじ》したところで、ごまかすことなんてできるのか。

「いいから俺《おれ》の言《い》うことを聞《き》け！　さっきはお前《まえ》らの自由《じゆう》にさせてやったんだからよ！」

こうなったら平沢《ひらさわ》くんは聞《き》く耳《みみ》を持《も》たない。

「わかったよ……」

俺《おれ》たちは自分《じぶん》たちの罪《つみ》を開示《かいじ》することにした。

最初《さいしょ》に自分《じぶん》のカードをめくったのは平沢《ひらさわ》くんだった。

罪《つみ》は、当然《とうぜん》**【クラスメイトへのイジメ】**と書《か》かれている。

次《つぎ》は俺《おれ》の番《ばん》か……。

意《い》を決《けっ》してカードをめくった。

【イジメの見《み》てみぬフリ】

自分《じぶん》でめくっておきながら突《つ》き刺《さ》さる言葉《ことば》。

俺《おれ》は……友達《ともだち》がイジメられているのを知《し》っていて、手《て》をさしのべなかった。

なんでこんなことをしてしまったんだろう。何度《なんど》も自分《じぶん》を責《せ》めたってもう遅《おそ》いんだ。

だって彼《かれ》はもう……。

「おい、次《つぎ》はお前《まえ》だろ椎名《しいな》。早《はや》くめくれよ！」

平沢《ひらさわ》が渚《なぎさ》を怒鳴《どな》りつける。

しかし、渚《なぎさ》の様子《ようす》がなんだか変《へん》だった。

「渚《なぎさ》、どうしたんだ？」

手《て》が小《ちい》さく震《ふる》えている。顔《かお》も青紫《あおむらさき》になっていて体調《たいちょう》が悪《わる》そうだ。

「渚《なぎさ》、一回《いっかい》落《お》ち着《つ》こう」

「ふざけんな！　足《あし》を引《ひ》っ張《ぱ》るつもりか！　めくれないっつーなら俺《おれ》がめくってやる」

そう言《い》って平沢《ひらさわ》くんは渚《なぎさ》のカードを奪《うば》い取《と》り、それを強引《ごういん》にめくった。

「やめて！」

【母親《ははおや》への殺人《さつじん》未遂《みすい》】

「……えっ」

俺《おれ》は思《おも》わず声《こえ》を出《だ》してしまう。

「渚《なぎさ》……」

「ご、ごめんなさい……ごめんなさい！」

渚《なぎさ》はパニックになっているようだった。

「おい、反応《はんのう》も見《み》られてんだぞ。俊《しゅん》、コイツを落《お》ち着《つ》かせろよ」

そんなこと言《い》われても、どうやって……。

これまずいんじゃないか。

平沢《ひらさわ》くんの罪《つみ》はみんなに知《し》られている。

それで渚《なぎさ》が泣《な》いていたら、相手《あいて》にカンづかれてしまうかもしれない。

「渚《なぎさ》、いったん落《お》ち着《つ》こう」

「……っ、ふ、」

「十五分《じゅうごふん》の作戦《さくせん》タイム、終了《しゅうりょう》〜〜〜！」

けっきょく俺《おれ》は渚《なぎさ》に気《き》のきいた言葉《ことば》をかけてあげることもできず、渚《なぎさ》は涙《なみだ》を流《なが》しな

が台《だい》に立《た》った。

「トークタイムを始《はじ》めましょう！」

ヤバいぞ。トークタイムでなにを話《はな》すか、相談《そうだん》できてなかった。

すると平沢《ひらさわ》くんが先陣《せんじん》を切《き》って話《はなし》を始《はじ》める。

「もう知《し》ってると思《おも》うからあえて言《い》うけど、俺《おれ》の罪《つみ》はクラスメイトへのイジメだ。以上《いじょう》」

平沢《ひらさわ》くんはそれだけを伝《つた》えると、俺《おれ》を見《み》る。どうすればいいんだ？

緊張感《きんちょうかん》が高《たか》まる。

回答者《かいとうしゃ》チームのみんながじっと俺《おれ》らを見《み》る。

「えっと、俺《おれ》の罪《つみ》は……イジメの見《み》て見《み》ぬフリです」

なにも頭《あたま》が回《まわ》らず、本当《ほんとう》のことを言《い》うしかできない。

ヤバい、俺《おれ》……なにしてるんだ。

次《つぎ》の渚《なぎさ》に視線《しせん》が向《む》かう。

しかし、渚《なぎさ》はポロポロと涙《なみだ》を流《なが》すだけで、なにも言《い》えなかった。

こうして十五分《じゅうごふん》の時間《じかん》が過《す》ぎていってしまい……俺《おれ》たちのトークタイムは終了《しゅうりょう》となった。

まずい、かもしれない……。

当《あ》てられたら、俺《おれ》たちは死《し》んでしまうのに、ヒントを出《だ》しすぎてしまった。

「さっそく罪暴《つみあば》きタイムに移《うつ》りましょう！　まず平沢《ひらさわ》くんの罪《つみ》を掲《かか》げてください」

第一《だいいち》グループは平沢《ひらさわ》くんの罪《つみ》として【クラスメイトのイジメ】と書《か》かれたカードをあげた。

そうだよな……。そうなるよな。

平沢《ひらさわ》くんもカードをめくる。

「大正解《だいせいかい》～！　それでは、次《つぎ》に大貫俊《おおぬきしゅん》くんの罪《つみ》にいってみましょう」

どうする……。次《つぎ》、俺《おれ》と渚《なぎさ》の罪《つみ》を当《あ》てられた瞬間《しゅんかん》、俺《おれ》らは死《し》ぬことになる。

ドクン、ドクンと強《つよ》く心臓《しんぞう》が鳴《な》る。

A《エー》グループは、次《つぎ》にカードを掲《かか》げた。

「……っ」

そこには、**【情報《じょうほう》のハッキング】**と書《か》かれていた。

俺《おれ》はほっと胸《むね》をなで下《お》ろす。

よかった……。つまり俺《おれ》はカードをめくらなくていいということ。

助《たす》かった……。

「残念《ざんねん》～失敗《しっぱい》！　じゃあ最後《さいご》は簡単《かんたん》にいきましょう。オープン！」

A《エー》グループはもうそれどころじゃないのか、手《て》が震《ふる》えている。

「椎名《しいな》渚《なぎさ》さんの罪《つみ》、オープン」

A《エー》グループは**【イジメの見《み》て見《み》ぬフリ】**と書《か》かれたカードを掲《かか》げた。

そっか……っ。

ダミーカードが【母親《ははおや》への殺人未遂《さつじんみすい》】だと思《おも》ったらしい。最初《さいしょ》にそう仮定《かてい》して、ハッキングかイジメの見《み》て見《み》ぬフリか、どっちが俺《おれ》と渚《なぎさ》のイメージと合《あ》うのか考《かんが》えたんだろう。

「こちらも失敗《しっぱい》～！　よって、C《シー》グループはゲームクリア！」

「よかった……」

ほっとした半面《はんめん》、考《かんが》えなくちゃいけないことがある。

「罪《つみ》を当《あ》てられ、相手《あいて》の罪《つみ》を当《あ》てることもできなかったA《エー》グループには死《し》んでいただきましょう！」

サバキの声《こえ》が響《ひび》き渡《わた》ると同時《どうじ》に、覆面《ふくめん》の男《おとこ》たちがやってきた。

そして三人《さんにん》に手錠《てじょう》をかけていく。

「お、お願《ねが》いだ……助《たす》けてくれ！　死《し》にたくないんだ！　わかるだろう？　なぁ、康太《こうた》、助《たす》けてくれよ……」

中村《なかむら》くんが涙《なみだ》を流《なが》しながら平沢《ひらさわ》くんにすがる。

しかし、平沢《ひらさわ》くんはふんっと鼻《はな》を鳴《な》らしながら言《い》った。

「いいか？　この世《よ》は弱《よわ》いものが死《し》んでいく世界《せかい》なんだよ」

「そんなこと言《い》うなよ……俺《おれ》たち親友《しんゆう》だったじゃないか」

声《こえ》をあげる中村《なかむら》くん。

すると、吉野《よしの》くんが前《まえ》に出《で》てきた。

「そう思《おも》ってたのは、お前《まえ》だけだよ」

「お前《まえ》はただ利用《りよう》できるコマってだけ。自分《じぶん》が康太《こうた》の右腕《みぎうで》だとでも思《おも》った？」

吉野《よしの》くん……？

「な、なに言《い》ってんだよ」

平沢《ひらさわ》くんが鼻《はな》で笑《わら》う。

「本当《ほんとう》バカだよなぁ～！　お前《まえ》、俺《おれ》たちが遊《あそ》ぶ時《とき》だって店《みせ》決《き》めさせたり、準備《じゅんび》させたりしてただろ？　満《みつる》に言《い》われたんだよ。啓介《けいすけ》をおだてて、俺《おれ》の右腕《みぎうで》だって思《おも》いこませれば雑用《ざつよう》全部《ぜんぶ》やるから、いい感《かん》じに使《つか》えるってさ」

「……は？　意味《いみ》わかんねぇよ」

そうか、中村《なかむら》くんは自分《じぶん》に権力《けんりょく》があると思《おも》っていたけれど、本当《ほんとう》は使《つか》われていただけだったのか。

「俺《おれ》の本当《ほんとう》の右腕《みぎうで》は満《みつる》だけだ」

「残念《ざんねん》だったね」

死《し》ぬ前《まえ》にまさか、こんなことがわかってしまうなんて……。

「そんなヒドイ……っ。助《たす》けてよ、康太《こうた》！　俺《おれ》、いろんなことしてやっただろ？」

「ああ、助《たす》かってたぜ」

「いやだ、死《し》にたくない!!　助《たす》けてくれ！」

三人《さんにん》は手錠《てじょう》をかけられ、部屋《へや》のすみに移動《いどう》させられる。

「死《し》にたくない！　お願《ねが》い、助《たす》けて……」

「つ、罪《つみ》を償《つぐな》うから……もう悪《わる》いことしないからお願《ねが》いだ……助《たす》けて」

涙《なみだ》を流《なが》しながらうったえる三人《さんにん》。

覆面《ふくめん》の男《おとこ》たちがその場《ば》を離《はな》れた。

「A《エー》グループのみなさま、さようなら～！」

サバキがスイッチボタンを押《お》したその瞬間《しゅんかん》。

「あああああああああ」

「うぐう……あ、あ」

三人《さんにん》が一斉《いっせい》に体《からだ》を震《ふる》わせる。

これは……電流《でんりゅう》か……。

一回目《いっかいめ》の時《とき》と同《おな》じ……。手錠《てじょう》から高圧電流《こうあつでんりゅう》が流《なが》れているんだ。

三人《さんにん》は体《からだ》を震《ふる》わせたあと、そのまま後《うし》ろにバタンっと倒《たお》れた。

「いやあああああっ！」

花田《はなだ》が叫《さけ》び声《ごえ》をあげる。

しかし、三人《さんにん》はピクリとも動《うご》かなくなった。

またクラスメイトが死《し》んでしまった……。

どうしたらこの連鎖《れんさ》を断《た》ち切《き》ることができるんだろう。

こんなのもういやだ。終《お》わらせてほしい。

自分《じぶん》の罪《つみ》には自分《じぶん》で必《かなら》ず向《む》き合《あ》うから……。

×処刑《しょけい》

中村啓介《なかむらけいすけ》
【罪状《ざいじょう》】クラスメイトへのイジメ

浜中美緒《はまなかみお》
【罪状《ざいじょう》】ドラックストアで
コスメの万引《まんび》き

松本拓人《まつもとたくと》
【罪状《ざいじょう》】カンニング

○生《い》き残《のこ》り

大貫《おおぬき》 俊《しゅん》
椎名《しいな》 渚《なぎさ》
根本《ねもと》 卓《すぐる》
花田麻子《はなだあさこ》
平沢康太《ひらさわこうた》
吉野《よしの》 満《みつる》

残《のこ》り六人《ろくにん》

渚《なぎさ》の罪《つみ》

第三《だいさん》ゲームが終《お》わると、俺《おれ》たちはサバキに連《つ》れられ、再《ふたた》びあのリセットボタンの部屋《へや》の近《ちか》くに移動《いどう》した。

「生《い》き残《のこ》った六人《ろくにん》のみなさまおめでとうございます！　いよいよ最後《さいご》のゲームです。でもその前《まえ》にここで休憩時間《きゅうけいじかん》を設《もう》けましょう」

するとサバキはあの小屋《こや》に視線《しせん》を移《うつ》した。

「もうわかると思《おも》うけど、罪《つみ》の重《おも》さに耐《た》えられなくなった人《ひと》は、あの部屋《へや》でボタンを押《お》してくださいね。ゆっくり眠《ねむ》るように楽《らく》になれますよ！」

なにが楽《らく》になれますよ、だよ。

そうやって誘導《ゆうどう》しやがって……。

俺《おれ》が怒《いか》りに満《み》ちた目《め》でサバキを見《み》ていると、隣《となり》にいる渚《なぎさ》が震《ふる》えていることに気《き》がついた。

そうだ、渚《なぎさ》は……俺《おれ》たち三人《さんにん》の前《まえ》で罪《つみ》を暴露《ばくろ》してから様子《ようす》がおかしかった。

「渚《なぎさ》……大丈夫《だいじょうぶ》か？」

「……っ」

そうたずねるが、反応《はんのう》はない。

罪名《ざいめい》カードには渚《なぎさ》が母親《ははおや》を殺《ころ》そうとしたと書《か》いてあった。

でも、渚《なぎさ》はそんなことするような子《こ》じゃない。

なにがあったんだよ。きっとワケがあったに決《き》まってる。

すると、平沢《ひらさわ》くんがこっちにやってくる。

「ど、どうしたんだ」

「俺《おれ》は知《し》らなかったよ……」

「えっ」

「おとなしい椎名《しいな》がそんな罪《つみ》を抱《かか》えてたとはな……」

平沢《ひらさわ》くんはわざとらしく落胆《らくたん》したしぐさを見《み》せながら言《い》う。

俺《おれ》はいやな予感《よかん》がしてあわてて平沢《ひらさわ》くんを止《と》める。

「平沢《ひらさわ》くん、な、なに言《い》ってるんだよ……」

「おいみんな！　さっきのゲームで俺《おれ》はこの二人《ふたり》の罪《つみ》を知《し》った。渚《なぎさ》の罪《つみ》は母親《ははおや》への殺人《さつじん》未遂《みすい》だ！」

「平沢《ひらさわ》くん……！　なんでそんなこと、みんなの前《まえ》で言《い》うんだよ！」

「さっきまでは協力《きょうりょく》しないといけないから、言《い》わなかったけどもう関係《かんけい》ねぇよ。お前《まえ》、今《いま》までまじめです～みたいな顔《かお》しておいて、自分《じぶん》が一番重罪犯《いちばんじゅうざいおか》してんじゃねぇかよ！」

みんなは渚《なぎさ》を驚《おどろ》いたような顔《かお》で見《み》る。

「ウソだろ……椎名《しいな》さんがまさか殺人《さつじん》だなんて」

「そんな……」

「俺《おれ》はクラスメイトのイジメでコイツは殺人未遂《さつじんみすい》。お前《まえ》、けっこうやるんだな？　みんな、コイツを怒《おこ》らせないほうがいいぜ？　殺《ころ》されちまうかもしれないからなぁ！　アハハハ」

バカにするように笑《わら》う平沢《ひらさわ》くん。

「お、お願《ねが》い……やめて……言《い》わないで……っ」

「人《ひと》を殺《ころ》す時《とき》、どんな気分《きぶん》だった？　それを隠《かく》して生《い》きてるのはどんな気分《きぶん》なんだよ。なぁ？」

平沢《ひらさわ》くんが渚《なぎさ》につめ寄《よ》る。

「やめろよ！」

俺《おれ》は平沢《ひらさわ》くんの腕《うで》をつかんだ。

「なんだよ、俊《しゅん》。正義《せいぎ》のヒーローぶるつもりか？　イジメを見《み》て見《み》ぬフリしておいて」

「……っ」

「いやに俺《おれ》につっかかってくると思《おも》ったら、罪滅《つみほろ》ぼしのつもりだったんだなぁ。それで心《こころ》を入《い》れ替《か》えたつもりか？　そんなことしたって、お前《まえ》の罪《つみ》は一生消《いっしょうき》えねぇんだよ」

そんなことわかってる。

『俊《しゅん》……助《たす》けて、痛《いた》いよぅ』

あの日《ひ》に戻《もど》りたいと何度思《なんどおも》っただろう。

でももう戻《もど》れない。失《うしな》った親友《しんゆう》は戻《もど》ってこない。

ぎゅっとこぶしを握《にぎ》りしめる。

すると、平沢《ひらさわ》くんは低《ひく》い声《こえ》で言《い》った。

「お前《まえ》もさぁ、本当《ほんとう》は渚《なぎさ》の罪《つみ》を聞《き》いた時《とき》、軽蔑《けいべつ》したんじゃねぇのか」

「えっ」

渚《なぎさ》が怯《おび》えた表情《ひょうじょう》を浮《う》かべながら俺《おれ》を見《み》る。

「いいなって思《おも》ってた女《おんな》が殺人犯《さつじんはん》だなんて聞《き》いたら、軽蔑《けいべつ》するに決《き》まってるよなぁ。あんまり変《へん》なこと言《い》ったら、今度《こんど》は自分《じぶん》が殺《ころ》されるかもって怖《こわ》くなったりするよなぁ」

ニヤリと笑《わら》いながらそんなことを言《い》う平沢《ひらさわ》くん。

驚《おどろ》いたのはたしかだ。でも……。

「俺《おれ》はそんなこと思《おも》ったりしない！　渚《なぎさ》は……人殺《ひとごろ》しをするような人間《にんげん》じゃない。きっとなにか事情《じじょう》があって……」

大《おお》きな声《こえ》で言《い》い放《はな》つ。

すると平沢《ひらさわ》くんはガハハハと笑《わら》い声《ごえ》をあげながら言《い》った。

「おいおい、そんなこと言《い》って大丈夫《だいじょうぶ》なのか？　罪《つみ》を背負《せお》っている人間《にんげん》に今《いま》の言葉《ことば》は逆《ぎゃく》に追《お》いつめるんじゃねぇのか？」

えっ。俺《おれ》が渚《なぎさ》に視線《しせん》を向《む》けると、目《め》にいっぱいの涙《なみだ》を浮《う》かべていた。

「な、渚《なぎさ》……」

「ご、ごめんなさい……っ、私《わたし》……お母《かあ》さんを殺《ころ》そうとしました……。本当《ほんとう》に殺《ころ》そうとしたんです……っ」

マズい。渚《なぎさ》をかばうつもりで言《い》った言葉《ことば》が、逆《ぎゃく》に追《お》いつめることになっちまった。

「渚《なぎさ》……！」

そして彼女《かのじょ》は俺《おれ》に背中《せなか》を向《む》けて走《はし》りだしてしまう。

「待《ま》って、渚《なぎさ》！」

「お願《ねが》い、ついて来《こ》ないで……！」

クッソ、俺《おれ》はなにを言《い》ってるんだ……。

「こうやって正義《せいぎ》のヒーローぶってるやつが、まじめな人間《にんげん》を追《お》いつめていくんだろうな。俺《おれ》みたいなやつよりもさぁ」

平沢《ひらさわ》くんの楽《たの》しそうな声《こえ》がいつまでも響《ひび》いていた。

どうしよう……。俺《おれ》が渚《なぎさ》のことを追《お》いつめた。

一番味方《いちばんみかた》になってやらないといけないのに。

追《お》いかけたい、けど……今渚《いまなぎさ》のもとに行《い》っても拒否《きょひ》されるだけだ。

ここは少《すこ》し時間《じかん》を置《お》いて……。

いや、このままでいいのか？

俺《おれ》はなにも行動《こうどう》を起《お》こせなくて、後悔《こうかい》してるんじゃないのか。

俺《おれ》はふっとわれに返《かえ》る。

待《ま》てよ……。

渚《なぎさ》が走《はし》り去《さ》っていった先《さき》って……。

「マズい……！」

そこにあるのは**リセットボタンの設置《せっち》された部屋《へや》だ。**

クッソ、なんでもっと早《はや》く気《き》づかなかったんだ。

俺《おれ》はあわてて部屋《へや》に向《む》かって走《はし》りだす。

お願《ねが》いだ、間《ま》に合《あ》ってくれ……。

もう大事《だいじ》な人《ひと》を失《うしな》いたくないんだ！

俺《おれ》が走《はし》って部屋《へや》に向《む》かうと、案《あん》の定《じょう》、渚《なぎさ》が部屋《へや》の中《なか》に飛《と》びこんだところだった。

「ダメだ！」

俺《おれ》は部屋《へや》の扉《とびら》を開《ひら》く。

「来《こ》ないで……！　ボタンを押《お》すから……」

「絶対《ぜったい》にダメだ！」

俺《おれ》は部屋《へや》の中《なか》へと入《はい》っていく。

「お願《ねが》い。もう死《し》にたいの……っ。軽蔑《けいべつ》したでしょ？　当《あ》たり前《まえ》だよ、だって私《わたし》、お母《かあ》さんをあんな目《め》に遭《あ》わせちゃったんだもん。本当《ほんとう》はゲーム中《ちゅう》に、私《わたし》が死《し》ねばよかったの。それなのに、こんな……勝《か》ちあがちゃって……私《わたし》が生《い》きてるなんて間違《まちが》ってる」

「そんなことない！　死《し》んだら罪《つみ》が消《き》えるのか？　死《し》んだら償《つぐな》えるのか？　俺《おれ》は……そうは思《おも》わない……っ。ずっとずっと、犯《おか》した罪《つみ》は消《き》えない。向《む》き合《あ》っていくしかないんだよ」

「でも……っ」

「どんなに苦《くる》しくても逃《に》げちゃダメだ！」

俺《おれ》は叫《さけ》びながら渚《なぎさ》の手《て》を取《と》り、引《ひ》っ張《ぱ》った。

もうボタンを押《お》せないように。

彼女《かのじょ》の手《て》を引《ひ》いて、そして小屋《こや》の外《そと》へ出《で》た。

「はぁ……はぁ……はぁ」

「俊《しゅん》くん……」

震《ふる》えている渚《なぎさ》の手《て》を俺《おれ》はぎゅっと握《にぎ》る。

「いっしょに向《む》き合《あ》って行《い》こう。俺《おれ》も同《おな》じだ、罪《つみ》を抱《かか》えている人間《にんげん》だから」

やさしい口調《くちょう》で伝《つた》えると、渚《なぎさ》は声《こえ》をあげて泣《な》いた。

「うわあああああっ」

ずっとためこんでいた苦《くる》しみを吐《は》き出《だ》すかのように。

少《すこ》し時間《じかん》がたって落《お》ち着《つ》いたのか、渚《なぎさ》は言《い》った。

「ごめんね……」

「ううん。あのさ、渚《なぎさ》……渚《なぎさ》の罪《つみ》のこと……聞《き》かせてほしいんだ。どうしてお母《かあ》さんを殺《ころ》そうとしてまったのか。俺《おれ》はさ、渚《なぎさ》が理由《りゆう》もなく人《ひと》を殺《ころ》そうとするような人間《にんげん》だってどうしても思《おも》えないんだ」

すると渚《なぎさ》はゆっくりと深呼吸《しんこきゅう》をして話《はな》しだした。

「知《し》ってのとおり、私《わたし》の家《いえ》は母子家庭《ぼしかてい》で……幼《おさな》いころに両親《りょうしん》が離婚《りこん》したの。父親《ちちおや》は新《あたら》しい家庭《かてい》を築《きず》いているみたいで、養育費《よういくひ》なんて一切《いっさい》入《い》れてくれなかった。それで、お母《かあ》さんが私《わたし》を養《やしな》うために朝《あさ》から晩《ばん》まで、週末《しゅうまつ》も一生懸命《いっしょうけんめい》働《はたら》いていていてくれたの」

渚《なぎさ》は思《おも》いつめた表情《ひょうじょう》で話《はなし》を続《つづ》ける。

「お母《かあ》さんががんばってくれているんだから私《わたし》もがんばらなきゃって、最初《さいしょ》はさみしいのもガマンして、手伝《てつだ》えることは全部手伝《ぜんぶてつだ》った。でもね……」

『ただいま』

家《いえ》に帰《かえ》ってもいつも一人《ひとり》きり。

【夜遅《よるおそ》くなるから、冷蔵庫《れいぞうこ》に入《はい》ってるごはん、チンして食《た》べてね】

そう置《お》き手紙《てがみ》があるだけで。

「本当《ほんとう》にさみしかった……。カミナリが鳴《な》っている時《とき》も、外《そと》で物音《ものおと》がして怖《こわ》かった時《とき》もお母《かあ》さんはそばにいない。友達《ともだち》はお父《とう》さんとお母《かあ》さんといっしょにごはんを食《た》べて、今日《きょう》あったことを話《はな》しながら過《す》ごすんだって言《い》っていて、うらやましいなって思《おも》ったの……」

そっか、渚《なぎさ》はいつもひとりぼっちだったのか。

小学生《しょうがくせい》のころ、彼女《かのじょ》がよく図書室《としょしつ》に残《のこ》っていたのを知《し》っていた。

「家《いえ》に帰《かえ》っても一人《ひとり》だから……」とつぶやいていたけれど、お母《かあ》さんは夜遅《よるおそ》くまで帰《かえ》って来《こ》なかったんだな……。

「どうして、私《わたし》だけこんな思《おも》いをしなきゃいけないんだろう。みんなは、休日《きゅうじつ》にだって家族《かぞく》でお出《で》かけしているのに。どうして私《わたし》だけいつもひとりぼっちなんだろうって。そんな思《おも》いが私《わたし》の心《こころ》を真《ま》っ黒《くろ》にさせたの」

渚《なぎさ》の気持《きも》ち、わかる気《き》がする。

仕事《しごと》で忙《いそが》しいのはしかたないと理解《りかい》していても、さみしくて孤独《こどく》なんだよな。

「でもね、ある時《とき》、お母《かあ》さんが一日《いちにち》だけお休《やす》みを取《と》ってくれたの。小学六年生《しょうがくろくねんせい》の運動会《うんどうかい》の日《ひ》、渚《なぎさ》ががんばってるところ見《み》に行《い》くねって言《い》ってくれて、すごくうれしかった。私《わたし》はその日《ひ》をずっと楽《たの》しみに待《ま》っていたの……」

さみしさでいっぱいだった渚《なぎさ》に、ひとすじの希望《きぼう》。

きっと渚《なぎさ》は運動会《うんどうかい》にお母《かあ》さんがくることを心待《こころま》ちにしていたんだろう。

「だけど、お母《かあ》さんが来《く》ることはなかった」

『えっとその日《ひ》は有給《ゆうきゅう》を申請《しんせい》していて……娘《むすめ》の運動会《うんどうかい》なんです。どうしても出《で》ないとダメですか。……私《わたし》にとっても大事《だいじ》な用《よう》で……はい、それは、そうですよね。わかりました。出勤《しゅっきん》します。……渚《なぎさ》。ごめんね、お母《かあ》さん仕事《しごと》が入《はい》っちゃって』

『どうして！　運動会《うんどうかい》に来《き》てくれるって約束《やくそく》した！』

『本当《ほんとう》にごめんね』

『ヒドイ……！　ずっと楽《たの》しみにしてたのに……っ。こんなこともしてくれないなら、お母《かあ》さんなんて死《し》んじゃえばいいんだ！』

「その時《とき》、お母《かあ》さんがすごく傷《きず》ついた顔《かお》をしたのを覚《おぼ》えてる……。次《つぎ》の日《ひ》、お母《かあ》さんは仕《し》事《ごと》からの帰《かえ》り道《みち》で交通事故《こうつうじこ》に遭《あ》った。車《くるま》の運転《うんてん》を誤《あやま》って、電柱《でんちゅう》にぶつかってしまったの。事故《じこ》なんか起《お》こるはずのない見通《みとお》しのいい道《みち》で」

「えっ」

「それで……今《いま》も意識《いしき》がなくて病院《びょういん》で入院《にゅういん》している」

渚《なぎさ》の母親《ははおや》が意識不明《いしきふめい》で入院《にゅういん》しているのは知《し》っていた。でもそんな経緯《けいい》があったなんて知《し》らなかった。

「でもそれは偶然事故《ぐうぜんじこ》に遭《あ》ったんじゃ……」

「ううん。私《わたし》のせいなの。私《わたし》が死《し》んじゃえばいいって言《い》ったから、だからお母《かあ》さんはわざと事故《じこ》を起《お》こした」

「それが、渚《なぎさ》の罪《つみ》……」

「そう。私《わたし》はお母《かあ》さんを殺《ころ》したの」

彼女《かのじょ》の手《て》は震《ふる》えていた。

渚《なぎさ》は直接手《ちょくせつて》を下《くだ》したわけじゃないのに、一人《ひと》重《おも》たい罪《つみ》を背負《せお》っていたんだ。

俺《おれ》は渚《なぎさ》の手《て》を取《と》った。

「渚《なぎさ》……やっぱり生《い》きて帰《かえ》ろう」

「……でも」

「お母《かあ》さん、まだ生《い》きてるんだろう？　だったら渚《なぎさ》も生《い》きなくちゃ。お母《かあ》さんが目《め》を覚《さ》ましたら、しっかり目《め》を見《み》てあやまろう。ごめんねって……渚《なぎさ》は十分《じゅうぶん》罪《つみ》と向《む》き合《あ》ってる。お母《かあ》さんだって許《ゆる》してくれるはずだよ」

きっと彼女《かのじょ》のことだ。眠《ねむ》っているお母《かあ》さんに何度《なんど》もごめんねと伝《つた》えたのだろう。

だからこそ、渚《なぎさ》を死《し》なせちゃいけない。

「俺《おれ》が渚《なぎさ》のこと……守《まも》るから」

「……っ、う」

渚《なぎさ》は涙《なみだ》を流《なが》しながら俺《おれ》の手《て》を取《と》った。

「戻《もど》ろう。ここにいるのは危険《きけん》だ」

それから、俺《おれ》と渚《なぎさ》はみんながいる場所《ばしょ》へ合流《ごうりゅう》した。

「お、人殺《ひとごろ》しが帰《かえ》ってきたぞ～」

平沢《ひらさわ》くんが渚《なぎさ》をけなす。

まだ言《い》ってるのか……。俺《おれ》は唇《くちびる》を噛《か》みしめ、そして口《くち》を開《ひら》いた。

「ここにいる人間《にんげん》はみんな罪《つみ》を犯《おか》してる……。お前《まえ》らだって渚《なぎさ》のことを責《せ》められないだ

ろ？　みんなそうだ。人《ひと》のことなんて気《き》にしてないで、自分《じぶん》の罪《つみ》と向《む》き合《あ》えよ」

「なにサバキみたいなこと言《い》ってんだよ、あぁ？」

怒《おこ》った平沢《ひらさわ》くんが俺《おれ》の胸《むな》ぐらをつかんでくる。

するとその時《とき》、再《ふたた》びサバキがやってきた。

「あれあれ？　大《おお》モメ中《ちゅう》？　暴力《ぼうりょく》ふるってさらに罪《つみ》を重《かさ》ねちゃう？」

「チッ」

平沢《ひらさわ》くんはイラ立《だ》ったように舌打《したう》ちをすると、手《て》を離《はな》した。

「さぁ、いよいよ最終《さいしゅう》ゲームの時間《じかん》だよ」

最後《さいご》のゲームが始《はじ》まるのか……。そう思《おも》った時《とき》。

「おや……？　一人《ひとり》いないみたいだね」

サバキが言《い》った。

本当《ほんとう》だ、花田《はなだ》がいない。どこに行《い》ったんだ？

するとその時《とき》。

――ブーブーブー！

大《おお》きなサイレンが鳴《な》り響《ひび》いた。

もしかして……。

『リセットボタンが押《お》されました』

ウソだろ……！

俺《おれ》が急《いそ》いで小屋《こや》に向《む》かうと、花田《はなだ》はロックのかかった部屋《へや》の中《なか》で笑顔《えがお》を浮《う》かべていた。

「これで……楽《らく》に死《し》ねるわ。怖《こわ》いもの……次《つぎ》のゲームだって勝《か》てるかわからない。苦《くる》しみながら死《し》にたくない……っ。美緒《みお》ちゃんにはあの世《よ》で謝《あやま》るわ。それでいいでしょ？　吉《よし》野《の》くん」

吉野《よしの》……？　吉野《よしの》くんがなにかを言《い》ったのか？

「もう私《わたし》を許《ゆる》して……」

そう伝《つた》えた瞬間《しゅんかん》、スモークが部屋《へや》の中《なか》に充満《じゅうまん》した。

「花田《はなだ》……！」

彼女《かのじょ》の体《からだ》を包《つつ》みこみ、あっという間《ま》に見《み》えなくなってしまう。

「そん、な……」

スモークが晴《は》れた頃《ころ》には、彼女《かのじょ》は床《ゆか》にあおむけで倒《たお》れていた。

その顔《かお》はとても穏《おだ》やかですっきりしたような表情《ひょうじょう》だった。

「そう、だよな……残酷《ざんこく》な死《し》に方《かた》をするかもしれない恐怖《きょうふ》でずっとここにいるんだ。相当《そうとう》のメンタルがないと無理《むり》だよ」

卓《すぐる》が言《い》う。

「いや、それよりさ……吉野《よしの》くん、花田《はなだ》さんになにか言《い》ったのか？」

俺《おれ》がたずねると吉野《よしの》くんは答《こた》えた。

「すごく苦《くる》しんでいるようだったから、僕《ぼく》は背中《せなか》を押《お》してあげただけだよ。こんな苦《くる》しい罪《つみ》を背負《せお》うくらいなら、楽《らく》になる選択《せんたく》をしたほうがいい」

これは本当《ほんとう》に彼女《かのじょ》の本望《ほんもう》なんだろうか。こんな道《みち》を選《えら》ぶなんて……。

さっきから吉野《よしの》くんの行動《こうどう》が変《へん》だ。

「いいリセットボタンの使《つか》い方《かた》でしたね！　痛《いた》くて苦《くる》しい思《おも》いをしたくないみなさま、今《いま》ならこのリセットボタンまだ使《つか》えますよ～」

サバキの言葉《ことば》に誰《だれ》も返事《へんじ》をしなかった。

「なーんだ、残念《ざんねん》。それじゃあ最後《さいご》のゲームを始《はじ》めましょうかね」

最後《さいご》のゲーム……。

どんな苦《くる》しい罰《ばつ》が待《ま》っているのだろう――。

×処刑《しょけい》

花田麻子《はなだあさこ》
【罪状《ざいじょう》】親友《しんゆう》への暴言《ぼうげん》

〇生《い》き残《のこ》り

大貫《おおぬき》　俊《しゅん》
椎名《しいな》　渚《なぎさ》
根本《ねもと》　卓《すぐる》
平沢康太《ひらさわこうた》
吉野《よしの》　満《みつる》

残《のこ》り五人《ごにん》

最終《さいしゅう》ゲーム：有罪《ゆうざい》？　無罪《むざい》？　ゲーム

「次《つぎ》のゲームはこちらで行《おこな》ってもらいます」

サバキにそう言《い》われ、俺《おれ》たちは少《すこ》し歩《ある》かされた。

薄暗《うすぐら》くどこまでも続《つづ》いているコンクリートの壁《かべ》。

サバキの後《うし》ろをついていると、平沢《ひらさわ》くんが言《い》った。

「おい、サバキ！　本当《ほんとう》にこのゲームにクリアしたらここから出《だ》してくれんだろうな？」

「当然《とうぜん》ですよ。クリアしたみんなは無事罪《ぶじつみ》から解放《かいほう》されて、ここを脱出《だっしゅつ》できます」

「やっと出《で》られるのか……」

平沢《ひらさわ》くんはニヤリと笑《わら》った。

自信《じしん》あるんだな。次《つぎ》のゲーム……なにがくるかもわからないのに……。

二十五人《にじゅうごにん》いたクラスメイトがもう五人《ごにん》になってしまった。

最後《さいご》のゲームだって……きっと、すごく残酷《ざんこく》なものに違《ちが》いない。

「さあ、最終《さいしゅう》ゲームを行《おこな》ってもらうステージはこちらだよ！」

パッと照明《しょうめい》がつく。

するとそこは、証言台《しょうげんだい》のようなものに長机《ながづくえ》。

そしてその目《め》の前《まえ》には大《おお》きなモニターがあった。

これはなんだ……？

「最後《さいご》のゲームは、**【有罪《ゆうざい》？　無罪《むざい》？　ゲーム】**」

有罪《ゆうざい》、無罪《むざい》……。

その名前《なまえ》の通《とお》り、なんとなくここは裁判所《さいばんしょ》のような造《つく》りをしている。

俺《おれ》はまっすぐにサバキを見《み》つめる。

「このゲームは超《ちょう》～簡単《かんたん》！　自分《じぶん》の行《おこな》った罪《つみ》を告白《こくはく》し、謝罪《しゃざい》をして、相手《あいて》が許《ゆる》してくれればクリアです！」

やったことをあやまるってことか。そんなの、ゲームって言《い》うのか……。

「モニターには被害《ひがい》を受《う》けた人《ひと》が出《で》てくるから、その人《ひと》が**【無罪《むざい》】**という札《ふだ》を出《だ》したら、ゲームクリア！　逆《ぎゃく》に**【有罪《ゆうざい》】**の札《ふだ》を出《だ》されてしまったら、そこで終了《しゅうりょう》！　すぐに処刑《しょけい》させてもらいます」

被害《ひがい》を受《う》けた人《ひと》が出《で》て来《く》るって言《い》ってたけど、俺《おれ》の場合《ばあい》はどうなるんだろう……。

俺《おれ》の親友《しんゆう》は、もうこの世《よ》にはいない。出《で》て来《こ》れるわけがない……。

「それではさっそく始《はじ》めましょう。裁《さば》きを受《う》ける順番《じゅんばん》はこっちで決《き》めさせてもらいますよ～！　みなさま準備《じゅんび》はいいですか？」

俺《おれ》はぎゅっと手《て》を握《にぎ》りしめた。自分《じぶん》の罪《つみ》と強制的《きょうせいてき》に向《む》き合《あ》うことになる。

この監獄《かんごく》で行《おこな》うのにふさわしいゲームってことか。

ここを出《で》られるか、出《で》られないかは被害者《ひがいしゃ》が決《き》める。

初《はじ》めて納得《なっとく》のいくゲームだと思《おも》った。

「さぁ、最初《さいしょ》に裁《さば》かれるのは……吉野満《よしのみつる》くんです！」

吉野《よしの》くんが最初《さいしょ》なのか……。

『お前《まえ》はただ利用《りよう》できるコマってだけ。自分《じぶん》が康太《こうた》の右腕《みぎうで》だとでも思《おも》った？』

さっきのゲームでは、吉野《よしの》くんの様子《ようす》がおかしかった。

吉野《よしの》くんっていったい何者《なにもの》なんだ？

「さぁ、他《ほか》のみなさまはあちらに用意《ようい》された傍聴席《ぼうちょうせき》へとお座《すわ》りください。傍聴人《ぼうちょうにん》は声《こえ》をかけたり話《はなし》をさえぎったりせず、静《しず》かに聞《き》いていてくださいね～！」

俺《おれ》たちは傍聴席《ぼうちょうせき》に移動《いどう》した。

「吉野《よしの》くんはこちらの**裁き台**《さばだい》へ上《のぼ》ってください」

吉野《よしの》くんが台《だい》の上《うえ》に立《た》つ。

「それでは、被害者《ひがいしゃ》の方《かた》の登場《とうじょう》です！」

サバキが大《おお》きな声《こえ》でそう言《い》うと、モニターの電源《でんげん》がついた。

そしてそこには、被害者《ひがいしゃ》と呼《よ》ばれる人《ひと》が映《うつ》っていた。

「……っ！」

「こんなにたくさん……っ!?」

モニターには、画面《がめん》いっぱいに人《ひと》が映《うつ》っている。十人以上《じゅうにんいじょう》はいるだろう。

「ここのモニターに映《うつ》っているみなさんにジャッジしてもらいます！　ちなみに一人《ひとり》でも有罪《ゆうざい》だったら、処刑《しょけい》になりますので、吉野《よしの》くんはとっても不利《ふり》〜〜〜！　でも仕方《しかた》ないよね！　自分《じぶん》のせいなんだから」

吉野《よしの》くんはいったいどんな罪《つみ》を犯《おか》したんだ……。

「じゃあ吉野《よしの》くん、今《いま》から自分《じぶん》の罪《つみ》を告白《こくはく》してください」

サバキに言《い》われ、吉野《よしの》くんはモニターに映《うつ》っている人《ひと》たちを見《み》つめる。

すると彼《かれ》は口《くち》を開《ひら》いた。

「僕《ぼく》は、**イジメの首謀者《しゅぼうしゃ》だ**」

「えっ」

吉野《よしの》くんがイジメの首謀者《しゅぼうしゃ》……？

「僕《ぼく》がターゲットを決《き》め、そいつがイジメに遭《あ》うように悪《わる》いウワサを流《なが》したり、康太《こうた》に命令《めいれい》してイジメるように伝《つた》えたりしてきたんだ」

「なっ……」

なんだよそれ。

それじゃあまるで、平沢《ひらさわ》くんより吉野《よしの》くんのほうが上《うえ》にいるみたいな言《い》い方《かた》。

しかも被害者《ひがいしゃ》がこんなにたくさん……。

いったい彼《かれ》はどうやって生《い》きてきたんだ。

するとサバキが言《い》う。

「吉野満《よしのみつる》くんの罪《つみ》は、なんとイジメの首謀者《しゅぼうしゃ》でした～！　それでは、罪《つみ》の告白《こくはく》が終《お》わりましたので、次《つぎ》に謝罪《しゃざい》タイムに入《はい》りたいと思《おも》います」

罪《つみ》の告白《こくはく》をしたあとは、このモニターに映《うつ》っている被害者《ひがいしゃ》と呼《よ》ばれる人《ひと》たちに謝罪《しゃざい》をしないといけないとサバキは説明《せつめい》する。

「吉野満《よしのみつる》くん、謝罪《しゃざい》を行《おこな》ってください」

吉野《よしの》くんは黙《だま》ってモニターを見《み》つめる。

「はぁ……単《たん》なるゲームだったら僕《ぼく》の頭脳《ずのう》を使《つか》って生《い》き残《のこ》れたはずなのに、まさか最後《さいご》のゲームがこういう形《かたち》とはね……」

吉野《よしの》くんは、悪《わる》びれる様子《ようす》もなくつぶやく。

「僕《ぼく》に不利《ふり》すぎるゲームだ。こんなに被害者《ひがいしゃ》がいるんだもん、まぁもう無理《むり》だろうね」

俺《おれ》の知《し》っている吉野《よしの》くんは、こんなふうに話《はなし》をするような人《ひと》じゃなかった。

もっと控《ひか》え目《め》で周《まわ》りに溶《と》けこむような人《ひと》だったのに。

「僕《ぼく》はあきらめるよ。この人数《にんずう》を納得《なっとく》させられるわけがない。でもまぁ……謝罪《しゃざい》の代《か》わりに、なんで僕《ぼく》がイジメを企《くわだ》てたのか、理由《りゆう》くらいは教《おし》えてあげるよ」

吉野《よしの》くんは落《お》ち着《つ》いた表情《ひょうじょう》でゆっくりと話《はな》しだした。

「この世《よ》は、弱肉強食《じゃくにくきょうしょく》で成《な》り立《た》っている。弱者《じゃくしゃ》は食《く》われ、強者《きょうしゃ》だけが生《い》き残《のこ》る世界《せかい》だ。僕《ぼく》はその世界《せかい》で確実《かくじつ》に生《い》き残《のこ》るために、弱者《じゃくしゃ》をつくることにした。その手段《しゅだん》がイジメだ」

「………」

「ターゲットを選《えら》んでイジメをすることで、クラスにカーストをつくり、俺《おれ》たちが上《うえ》に立《た》つ人間《にんげん》であるとクラスメイトにわからせるんだ。とはいえ、暴力《ぼうりょく》を振《ふ》るうやつは恨《うら》まれがちだ。だから僕《ぼく》はそれを康太《こうた》にやらせ、命令《めいれい》だけして安全《あんぜん》なところで見《み》ていたってわけ」

吉野《よしの》くんの考《かんが》えてることは理解《りかい》できない。

「おかげで誰《だれ》も僕《ぼく》たちには逆《さか》らおうとはしなかった。まぁ、モニターにいるキミらは、ちょうどターゲットにされたってだけだ。命令《めいれい》しているだけでトップに立《た》てる……本当《ほんとう》、楽《らく》だったよ」

そんなことのためにクラスの人間《にんげん》をイジメていたのか……⁉︎

考《かんが》えられない。そんなヒドイこと、どうやったらできるんだよ。

「これが僕《ぼく》の謝罪《しゃざい》ってことで、もう終《お》わりにしてくれる？」

吉野《よしの》くんは一貫《いっかん》して、あやまる気《き》はなさそうだった。

罪悪感《ざいあくかん》はないのか……。

「それでは吉野満《よしのみつる》くんの謝罪《しゃざい》タイムを終了《しゅうりょう》とさせていただきます〜！」

するとモニターの向《む》こうではたくさんの人《ひと》が文句《もんく》を言《い》っている。

『こんなの謝罪《しゃざい》なんて言《い》わねぇだろ』

『ふざけんな！　俺《おれ》たちは傷《きず》ついてるんだぞ！』

「モニターの向《む》こう側《がわ》のみなさま、静粛《せいしゅく》に！　今《いま》からジャッジタイムに移《うつ》っていきますよ〜！　札《ふだ》の準備《じゅんび》はできていますか？」

サバキは問《と》いかける。

画面《がめん》の向《む》こうには有罪《ゆうざい》と無罪《むざい》の二種類《にしゅるい》の札《ふだ》があった。

それを一《ひと》つずつみんなが持《も》っている。

「さあ、被害者《ひがいしゃ》のみなさま。吉野満《よしのみつる》くんは有罪《ゆうざい》ですか？　それとも無罪《むざい》ですか？　一斉《いっせい》に札《ふだ》をあげてください」

サバキの言葉《ことば》を合図《あいず》に画面《がめん》にいる人《ひと》が札《ふだ》を掲《かか》げる。

モニターは**【有罪《ゆうざい》】**という文字《もじ》でうめつくされていた。

それはそうだよな……。

あんな謝罪《しゃざい》じゃ誰《だれ》も許《ゆる》そうとはしないだろう。

「吉野《よしの》くん、残念《ざんねん》。誰《だれ》も罪《つみ》を許《ゆる》してくれませんでしたね！　なにか感想《かんそう》はありますか？」

「ジャッジする側《がわ》の人間《にんげん》は上《うえ》に立《た》っている僕《ぼく》たちのような人間《にんげん》だ。キミたち弱者《じゃくしゃ》は一生《いっしょう》痛《いた》めつけられる人生《じんせい》なんだよ。天《てん》と地《ち》がひっくり返《かえ》ることがないのと同《おな》じように下剋上《げこくじょう》はありえない。せいぜい弱者《じゃくしゃ》として生《い》きればいいさ」

罪
罪
罪
有罪
有罪
有罪
有罪
有罪
有罪
有罪
有罪
有罪
有罪

吉野《よしの》くんが言《い》い放《はな》つと、モニターに映《うつ》っている人《ひと》たちは口々《くちぐち》に言《い》い始《はじ》めた。

『俺《おれ》らは弱者《じゃくしゃ》かもしれない。でも俺《おれ》らにはこうやって罪《つみ》を裁《さば》いてくれるサバキ様《さま》がいるんだ!!』

サバキ様《さま》!?

『そうだ、そうだ！　俺《おれ》たちを救《すく》ってくれる存在《そんざい》がいる！　決《けっ》して弱《よわ》くなんてないんだ！』

サバキは被害者《ひがいしゃ》にとって崇《あが》められるような存在《そんざい》なのか？

このゲームがどうやって始《はじ》まったのか、今《いま》の発言《はつげん》にヒントが隠《かく》されていた気《き》がする。

「それでは処刑《しょけい》タイム〜〜！　有罪《ゆうざい》の吉野《よしの》満《みつる》くんには苦《くる》し〜い地獄《じごく》を味《あじ》わってもらいましょう」

そう言《い》ってサバキが指《ゆび》をパチっと鳴《な》らす。

その瞬間《しゅんかん》、吉野《よしの》くんが立《た》っていた台《だい》がパカッと開《ひら》いた。

「なっ……」

吉野《よしの》くんは床下《ゆかした》に落《お》ちていく。

「うわあああ」

そして彼《かれ》の大《おお》きな叫《さけ》び声《ごえ》が聞《き》こえてきた。

なにが起《お》きているんだ⁉

「うわあああっ、熱《あつ》い、痛《いた》い……！」

熱《あつ》い……？

「なんでボクがこんな目《め》に遭《あ》わないといけないんだよ！　強者《きょうしゃ》は僕《ぼく》だ！」

すると、モニターに吉野《よしの》くんの様子《ようす》が映《うつ》った。

真《ま》っ赤《か》に燃《も》える炎《ほのお》の中《なか》。包《つつ》みこまれるように立《た》っているのは、吉野《よしの》くんだった。

「あれはなんだ⁉」

「助《たす》けてくれ……っ、熱《あつ》い！　誰《だれ》か、お願《ねが》いだ」

必死《ひっし》に手《て》を伸《の》ばす吉野《よしの》くん。

しかし、炎《ほのお》はどんどん大《おお》きくなっていくばかりで、やがて吉野《よしの》くんの体全体《からだぜんたい》をおおってしまった。

「たす、け……」

吉野《よしの》くんの姿《すがた》が見《み》えなくなるころにはもう、声《こえ》はなく、彼《かれ》は炎《ほのお》の海《うみ》へと消《き》えていった。

モニターが切《き》り替《か》わるとそこに映《うつ》ったのは……。

『うおおお！　やったぞ‼　俺《おれ》たちはようやくアイツを倒《たお》したんだ！』

『手《て》を使《つか》わず外《そと》で笑《わら》いながら見《み》てやがって……存分《ぞんぶん》に苦《くる》しめばいい』

被害者《ひがいしゃ》と呼《よ》ばれる人《ひと》たちだった。

吉野《よしの》くんに対《たい》しては相当恨《そうとううら》みがあったんだろう。

彼《かれ》が死《し》んでいくのを見《み》て、あんなによろこべるなんて……。

「満《みつる》……信《しん》じてたのに」

すると、隣《となり》で卓《すぐる》が小《ちい》さくつぶやく。

「俺《おれ》たち、サッカー部《ぶ》で支《ささ》え合《あ》ってきたんだ。吉野《よしの》が、平沢《ひらさわ》が怖《こわ》いからグループを抜《ぬ》けられないって真剣《しんけん》に伝《つた》えてきた時《とき》も本気《ほんき》なんだと思《おも》ってたのに、全部《ぜんぶ》ウソだったんだな」

「でも、支配《しはい》するなんて並《な》みの人《ひと》ができるようなことじゃないよな」

「ああ……でもなんだろう、サッカーの時《とき》も吉野《よしの》を目《め》の敵《かたき》にしていた先輩《せんぱい》が突然不登校《とつぜんふとうこう》になったり、吉野《よしの》のひと言《こと》で周《まわ》りが誰《だれ》かを責《せ》めるようなことはよくあった。今思《いまおも》えば、それも計算《けいさん》してやっていたのかな」

「そっか……」

静《しず》かに涙《なみだ》を流《なが》す卓《すぐる》に一番《いちばん》すみっこにいた平沢《ひらさわ》くんは言《い》った。

「ふんっ。かしこいやつだと思《おも》ったのに、最後《さいご》はあっけなかったな」

平沢《ひらさわ》くんは、ケロっとしていた。

二年間《にねんかん》いっしょに過《す》ごしてきた仲間《なかま》なのに……あんな無残《むざん》な姿《すがた》を見《み》ても平気《へいき》でいられるなんて……。

「さぁて、次《つぎ》の人《ひと》にまいりましょう！」

俺《おれ》はいつ当《あ》てられるだろう……。

いつ罪《つみ》と向《む》き合《あ》うことになるのだろう。

その時《とき》、俺《おれ》は……許《ゆる》されることはないだろう。

「次《つぎ》に裁《さば》きを受《う》けるのは、平沢康太《ひらさわこうた》くんです！　さぁ裁《さば》き台《だい》に来《き》てください」

次《つぎ》は、平沢《ひらさわ》くんか……。

平沢《ひらさわ》くんの罪《つみ》は、クラスメイトへのイジメだってもうわかってる。

被害者側《ひがいしゃがわ》の憎《にく》しみは、謝罪《しゃざい》するくらいで消《き》えるようなものじゃない。

それを平沢《ひらさわ》くんはわかっているのか……？

彼《かれ》は怖《こわ》がる様子《ようす》もなく、堂々《どうどう》と胸《むね》を張《は》ってモニターを見《み》つめた。

「それでは被害者《ひがいしゃ》の方《かた》の登場《とうじょう》です」

ごくりと息《いき》をのむ。

モニターに現《あらわ》れたのは、やはり仁科《にしな》くんだった。

仁科《にしな》くん……。

前髪《まえがみ》で顔《かお》を隠《かく》していて、うつむきがちに登場《とうじょう》する。

彼《かれ》は今《いま》、なにを思《おも》っているんだろう……。

「それでは平沢康太《ひらさわこうた》くん、今《いま》から自分《じぶん》の罪《つみ》を告白《こくはく》してください」

サバキの言葉《ことば》を合図《あいず》に、平沢《ひらさわ》くんは仁科《にしな》くんをまっすぐに見《み》つめる。

「俺《おれ》は……俺《おれ》は、クラスメイトである仁科《にしな》くんをイジメました」

平沢《ひらさわ》くんは素直《すなお》に告白《こくはく》をした。

「平沢《ひらさわ》くんの罪《つみ》は、クラスメイト、仁科《にしな》くんへのイジメということでしたが……まぁ、みんなもう知《し》ってましたよね？　それじゃあ、次《つぎ》に謝罪《しゃざい》タイムに入《はい》りたいと思《おも》います」

サバキが伝《つた》えると、張《は》りつめた空気《くうき》が流《なが》れた。

俺《おれ》は平沢《ひらさわ》くんがさらに仁科《にしな》くんをけなすようなことを言《い》うんじゃないかと心配《しんぱい》になった。

実際《じっさい》、平沢《ひらさわ》くんがしていた仁科《にしな》くんへのイジメはかなりヒドいものだったと聞《き》いている。

教室《きょうしつ》での暴言《ぼうげん》、それから物《もの》を隠《かく》したり、暴力《ぼうりょく》をふるったり……。

彼《かれ》は本当《ほんとう》に謝罪《しゃざい》する気《き》があるのか？

「仁科《にしな》……っ、すまなかった」

すると平沢《ひらさわ》くんは真剣《しんけん》な顔《かお》で深《ふか》く頭《あたま》を下《さ》げた。

えっ。

「俺《おれ》が憎《にく》いよな……わかるよ。あんなことしちまって、ずっと後悔《こうかい》してたんだ……まさか二年《にねん》になって不登校《ふとうこう》になっちまうなんて思《おも》わなくて……。俺《おれ》、本当《ほんとう》にヒドイことをした。でも、しかたなかったんだ……」

手《て》を小《ちい》さく震《ふる》わせて真摯《しんし》に謝《あやま》る平沢《ひらさわ》くん。

どうなってるんだ……。

さっきまでの態度《たいど》とはぜんぜん違《ちが》う。

「俺《おれ》さ、実《じつ》は弱《よわ》いんだ。満《みつる》がやれって俺《おれ》に命令《めいれい》してきて……逆《さか》らうのが怖《こわ》くて……やりたくもないのに、お前《まえ》のことをイジメてしまった。バカだよな。俺《おれ》、本当《ほんとう》ダメなやつだよな……」

ひざから崩《くず》れ落《お》ちる平沢《ひらさわ》くん。

そして頭《あたま》を床《ゆか》につけながら仁科《にしな》くんにあやまった。

「本当《ほんとう》に……っ、悪《わる》かった！　許《ゆる》してくれとは言《い》わない。罪《つみ》を償《つぐな》うチャンスが欲《ほ》しい」

驚《おどろ》いた……。平沢《ひらさわ》くんがこんなことをするなんて。

本当《ほんとう》に心《こころ》を入《い》れ替《か》えたのか？

ずっとそうは見《み》えなかったけど、命《いのち》をかけたこのゲームをしたことで平沢《ひらさわ》くんの気持《きも》ちが変《か》わったってことか？

「まさかですが、しっかりとした謝罪《しゃざい》が聞《き》けましたね〜！　平沢《ひらさわ》くんの謝罪《しゃざい》タイムは終了《しゅうりょう》。それではモニターの向《む》こう側《がわ》にいる仁科《にしな》さん、ジャッジをする準備《じゅんび》ができましたか？」

平沢《ひらさわ》くんはしっかり罪《つみ》を認《みと》めている。

でも、彼《かれ》から痛《いた》めつけられた仁科《にしな》くんがそう簡単《かんたん》に平沢《ひらさわ》くんを許《ゆる》すとは思《おも》えない。

ジャッジはどうなるんだ……。

すると仁科《にしな》くんは小《ちい》さな声《こえ》で言《い》った。

「少《すこ》し話《はなし》をする時間《じかん》が欲《ほ》しい」

「かまいませんよ……」

平沢《ひらさわ》くんは顔《かお》をあげる。

仁科《にしな》くんはゆっくりと口《くち》を開《ひら》いた。

「俺《おれ》……ずっと平沢《ひらさわ》くんが怖《こわ》かった。毎日暴力《まいにちぼうりょく》ふるわれて、笑《わら》いものにされて……学校《がっこう》での生活《せいかつ》は苦《くる》しいものばっかりだった。でも、みんないろんなものを抱《かか》えながら生《い》きてるんだって気《き》づいたんだ……。みんなつらいことがある中《なか》で、必死《ひっし》に生《い》きている。俺《おれ》はそこから逃《に》げだしてしまった」

仁科《にしな》くんは学校《がっこう》に来《こ》れなくなってから、たくさん考《かんが》えることがあったんだろう。

憎《にく》しみの感情《かんじょう》じゃなくて、そんなふうに思《おも》っていたなんて知《し》らなかった。

「平沢《ひらさわ》くんは、本心《ほんしん》でイジメをしていたわけじゃないんだよね？　罪《つみ》を償《つぐな》うってことは心《こころ》を入《い》れ替《か》えてくれるってことなんだよね？」

「ああ、当然《とうぜん》だ。俺《おれ》はもう恥《は》ずべき生《い》き方《かた》をしないように、心《こころ》を入《い》れ替《か》える。だからお前《まえ》にも、学校《がっこう》に来《き》てほしい。一《いち》から変《か》わった俺《おれ》を見《み》てほしいんだ」

そう言《い》って平沢《ひらさわ》くんは再《ふたた》び頭《あたま》を床《ゆか》へつけた。

「そんなふうに言《い》ってくれるなんてうれしいよ僕《ぼく》……。**僕《ぼく》、平沢《ひらさわ》くんを許《ゆる》します。**無罪《むざい》にします」

仁科《にしな》くんはそう言《い》うと札《ふだ》をあげた。

「おっと〜〜〜！　突然《とつぜん》のジャッジタイムになりました！　平沢《ひらさわ》くん、どうぞ顔《かお》をあげてください」

サバキがそう言《い》った瞬間《しゅんかん》、平沢《ひらさわ》くんは床《ゆか》に顔《かお》をつけたまま笑《わら》い声《ごえ》をあげた。

「……っ、くくく。はぁ、おもしれー……本当《ほんとう》つくづくお前《まえ》みたいなやつはバカだよなぁ。反省《はんせい》したフリすればすぐに許《ゆる》しちまうなんて。なんで俺《おれ》が反省《はんせい》なんかしなきゃいけねぇんだ、生《い》き残《のこ》るための演技《えんぎ》に決《き》まってんだろ？　イジメなんて、イジメられるやつが悪《わる》い！弱《よわ》くて、ダサくて、泣《な》き虫《むし》なお前《まえ》が悪《わる》いんだよ」

勝《か》ち誇《ほこ》った顔《かお》で笑《わら》う平沢《ひらさわ》くんはようやく顔《かお》をあげる。

そしてモニターを見《み》た瞬間《しゅんかん》、声《こえ》をもらした。

「……は？」

そこには【有罪《ゆうざい》】と書《か》かれた札《ふだ》をあげる仁科《にしな》くんがいた。

「なっ……お前《まえ》、今《いま》の俺《おれ》の言葉《ことば》で札《ふだ》を変《か》えたのか⁉　おい、サバキ！　途中《とちゅう》で札《ふだ》を変《か》えるのはダメだろ？　ジャッジタイムで無罪《むざい》にしたら、もう変《か》えられないだろ⁉」

「ええ、そうですよ」

「ほら、みろ……急《きゅう》に変《か》えるのは無効《むこう》だ。よって俺《おれ》は生《い》き残《のこ》れる。サバキもゲームマスターなんだから仁科《にしな》に言《い》ってくれよ！」

「仁科《にしな》くんはなにも間違《まちが》ったことをしていないよ？」

「は？」

平沢《ひらさわ》くん、違《ちが》うんだ。

仁科《にしな》くんは「許《ゆる》すよ」と伝《つた》えると同時《どうじ》に**有罪《ゆうざい》の札《ふだ》をあげた**。

つまり元《もと》から平沢《ひらさわ》くんを許《ゆる》す気《き》なんかなかったんだ。

ずっと黙《だま》っていた仁科《にしな》くんが口《くち》を開《ひら》く。

「なんで逆《ぎゃく》に許《ゆる》されるって思《おも》うかな？　僕《ぼく》の答《こた》えは最初《さいしょ》から決《き》まってた。僕《ぼく》は、お前《まえ》が憎《にく》くて憎《にく》くてたまらないんだ。いくら死《し》んで詫《わ》びようが、一生《いっしょう》苦《くる》しむ人生《じんせい》を送《おく》るから許《ゆる》してくれと言《い》われようが、キミのことを一切許《いっさいゆる》す気《き》はない」

彼《かれ》は前髪《まえがみ》をかきあげる。

その目《め》は鋭《するど》く、そして憎《にく》しみがこもっていた。

イジメられた側《がわ》のことを甘《あま》く見《み》てはいけない。

罪《つみ》を償《つぐな》うから、謝《あやま》るから……そう言《い》ったところで、彼《かれ》らの負《お》った痛《いた》みや苦《くる》しみはそんな簡単《かんたん》に消滅《しょうめつ》するものじゃないんだ。

イジメる側《がわ》が考《かんが》えているよりも、イジメの罪《つみ》ははてしなく深《ふか》い。

平沢《ひらさわ》くんの判決《はんけつ》は【有罪《ゆうざい》】。

「よって平沢《ひらさわ》くんは有罪《ゆうざい》！　処刑《しょけい》タイムに移《うつ》りましょう～！」

「お前《まえ》……っ！　取《と》り消《け》せよ！　仁科《にしな》の分際《ぶんざい》で……俺《おれ》に逆《さか》らいやがって！　またボコボコにしてやるから、そこから出《で》て来《こ》い！」

平沢《ひらさわ》くんが叫《さけ》び声《ごえ》をあげるが、仁科《にしな》くんはなにも反応《はんのう》をしない。

「有罪判決《ゆうざいはんけつ》を下《くだ》された平沢康太《ひらさわこうた》くん、言《い》い残《のこ》したことがありますか？」

「こんなのは無効《むこう》だ！　最初許《さいしょゆる》すなんてだましやがって……！　サバキ、もう一度《いちど》やらせてくれ！」

平沢《ひらさわ》くんが声《こえ》を荒《あら》らげた瞬間《しゅんかん》、立《た》っている裁《さば》き台《だい》がパカっと開《ひら》いた。

「うるさい罪人《ざいにん》は落《お》ちてもらいましょう！」

「う、うわあああっ！」

彼《かれ》は真《ま》っ逆《さか》さまに落《お》ちていく。

すると、その様子《ようす》がモニターに映《うつ》し出《だ》された。

「助《たす》けてくれ、熱《あつ》い……苦《くる》しいっ!!」

吉野《よしの》くんと同様《どうよう》、そこは火《ひ》の海《うみ》になっている。

真《ま》っ赤《か》に燃《も》える炎《ほのお》がどんどん広《ひろ》がっていき、平沢《ひらさわ》くんの体《からだ》をおおっていく。

這《は》い上《あ》がろうと手《て》を伸《の》ばしても、届《とど》かない。

「おい、誰《だれ》か助《たす》け……」

そして一瞬《いっしゅん》にして平沢《ひらさわ》くんは炎《ほのお》の渦《うず》に包《つつ》みこまれてしまった。

「……っ、ぅ」

「ヒドイ……」

渚《なぎさ》と卓《すぐる》が、力《ちから》なく声《こえ》をもらした。

「罪人《ざいにん》には厳《きび》し～い処刑《しょけい》が待《ま》ってるよ。でも当《あ》たり前《まえ》だよね？　罪《つみ》と向《む》き合《あ》えない人間《にんげん》は死《し》んでもらわないと」

サバキは笑《わら》い声《ごえ》をあげながら言《い》った。

罪《つみ》をおかした俺《おれ》たちが悪《わる》いのはわかってる。

でも、なんの権限《けんげん》があってお前《まえ》らがここまでやるんだよ……っ。

モニターはブチっと切《き》られてしまった。

吉野《よしの》くんに、平沢《ひらさわ》くん。このゲームで二人《ふたり》が地獄《じごく》へ行《い》くことになった。

そもそも……罪《つみ》を抱《かか》えた俺《おれ》たちに許《ゆる》されることなんて……。

「次《つぎ》は椎名渚《しいななぎさ》さん、さぁ裁《さば》き台《だい》に来《き》てください」

はっとわれに返《かえ》ると、渚《なぎさ》が青白《あおじろ》い顔《かお》をしている。

「渚《なぎさ》、大丈夫《だいじょうぶ》か？」

「うん、もう逃《に》げていられないから……」

渚《なぎさ》はうつむき、覚悟《かくご》を決《き》めたように裁《さば》き台《だい》に立《た》った。

がんばれなんて言《い》えない。

彼女《かのじょ》が向《む》き合《あ》うのは、俺《おれ》でもなくゲームでもなく……母親《ははおや》だから。

渚《なぎさ》が裁《さば》き台《だい》の上《うえ》に立《た》つ。

これまでの流《なが》れだと渚《なぎさ》のお母《かあ》さんが出《で》て来《く》るはずだが……意識不明《いしきふめい》で入院《にゅういん》してる。

じゃあ、誰《だれ》が出《で》て来《く》るんだ？

すると、モニターには渚《なぎさ》のお母《かあ》さんが映《うつ》った。

「……っ、お母《かあ》さん!?　本当《ほんとう》にお母《かあ》さんなの!?」

ウソ、だろ……。

病院《びょういん》で眠《ねむ》っているはずの渚《なぎさ》のお母《かあ》さんがこのモニターに現《あらわ》れるなんて。

しかもしっかりと目《め》も開《ひら》いていてこちらを向《む》いている。

「お母《かあ》さんの脳《のう》に信号《しんごう》を送《おく》って会話《かいわ》できるようにしています。もちろんあなたの声《こえ》もお母《かあ》さんに届《とど》いていますよ」

そんなこともできるのか……。

「では椎名《しいな》渚《なぎさ》さん、罪《つみ》の告白《こくはく》をしてください」

そう言《い》われ、渚《なぎさ》は落《お》ち着《つ》いて自分《じぶん》の罪《つみ》について話《はな》しだした。

「私《わたし》の罪《つみ》は……お母《かあ》さんを殺《ころ》したことです。もういなくなってしまえばいいと強《つよ》く伝《つた》えて、言葉《ことば》の暴力《ぼうりょく》でお母《かあ》さんを追《お》いこんでしまいました……。その後《ご》、お母《かあ》さんは事故《じこ》に遭《あ》って……今《いま》も意識《いしき》がないまま病院《びょういん》で眠《ねむ》ってる」

渚《なぎさ》はうつむいた。

一度《いちど》吐《は》いた言葉《ことば》は戻《もど》らない。

何度後悔《なんどこうかい》したって、お母《かあ》さんに言《い》った言葉《ことば》は取《と》り消《け》せないんだ。

「私《わたし》は、有罪《ゆうざい》でいい！　あんなにヒドイことを言《い》って……許《ゆる》されるわけなんてない！

サバキさん……私《わたし》のことを……処刑《しょけい》してください」

渚《なぎさ》は頭《あたま》を下《さ》げた。

みんなこの場所《ばしょ》で許《ゆる》してほしいと願《ねが》うのに、渚《なぎさ》だけは処刑《しょけい》してほしいって言《い》うんだな。

するとサバキは言《い》った。

「罪《つみ》を許《ゆる》すか、許《ゆる》さないか決《き》めるのは僕《ぼく》じゃありませんよ。さぁ、椎名渚《しいななぎさ》さんのお母《かあ》さん、今《いま》のを聞《き》いて実《じつ》の娘《むすめ》をジャッジする決心《けっしん》はつきましたか？」

サバキにたずねられた渚《なぎさ》のお母《かあ》さんはゆっくりと口《くち》を開《ひら》いた。

『渚《なぎさ》……ずっと一人《ひとり》にさせてごめんね』

お母《かあ》さんの声《こえ》を聞《き》いた瞬間《しゅんかん》、彼女《かのじょ》はその場《ば》に泣《な》き崩《くず》れた。

「お母《かあ》さん、お母《かあ》さん……っ」

『渚《なぎさ》……』

「う。う……お母《かあ》さんごめんなさい。ごめんなさい。本当《ほんとう》は死《し》んじゃえばいいなんて思《おも》ってなかった。私《わたし》があんなこと言《い》ったからお母《かあ》さんは事故《じこ》に遭《あ》ったんだよね……っ。ごめんなさい……っ。もう絶対言《ぜったいい》わないから……二度《にど》と死《し》んじゃえばいいなんて言《い》わないから……お願《ねが》い、お母《かあ》さんを返《かえ》して……っ」

ボロボロと涙《なみだ》を流《なが》して、声《こえ》をあげながら泣《な》く渚《なぎさ》。

ずっとガマンしてたんだろう。自分《じぶん》には泣《な》く資格《しかく》がないと。

『渚《なぎさ》、お母《かあ》さんが事故《じこ》に遭《あ》ったのは渚《なぎさ》のせいじゃないのよ』

「えっ」

『お母《かあ》さんね、猫《ねこ》が飛《と》び出《だ》したのを避《よ》けようとした時《とき》に、電柱《でんちゅう》にぶつかってしまったの。あなたがどんなことを言《い》おうと、お母《かあ》さんがあの時間《じかん》にあの道《みち》を通《とお》っていた限《かぎ》り事故《じこ》に遭《あ》っていたのよ。だから……自分《じぶん》のせいだって思《おも》わないで』

「でも……っ」

『もうたくさん謝罪《しゃざい》は聞《き》いたわ。病院《びょういん》の中《なか》でお母《かあ》さんに何度《なんど》も何度《なんど》もあやまってくれたでしょう？　それで充分《じゅうぶん》。お母《かあ》さんもね、渚《なぎさ》をさみしくさせてしまってずっと後悔《こうかい》してた……。結論《けつろん》は出《で》てるわ、サバキさん』

渚《なぎさ》のお母《かあ》さんがそう伝《つた》えると、サバキは言《い》った。

「さぁて、被害者《ひがいしゃ》の答《こた》えが出《で》ました。ジャッジタイムです！　椎名渚《しいななぎさ》さんは有罪《ゆうざい》か、それとも無罪《むざい》か……判決《はんけつ》はどっちだ⁉」

サバキの声《こえ》とともに、渚《なぎさ》のお母《かあ》さんは札《ふだ》をあげた。

【無罪《むざい》】

無罪《むざい》と書《か》かれた札《ふだ》がモニターに映《うつ》る。

『いい加減《かげん》、娘《むすめ》を解放《かいほう》してちょうだい』

「おかあ、さん……っ」

『私《わたし》の意識《いしき》がもし戻《もど》ったら、今度《こんど》は渚《なぎさ》にさみしい思《おも》いなんてさせないわ。だから、渚《なぎさ》も精《せい》いっぱい生《い》きて……』

「お母《かあ》さん……！」

渚《なぎさ》が叫《さけ》んだ瞬間《しゅんかん》、モニターの電源《でんげん》はブチっと切《き》られた。

「判決《はんけつ》は無罪《むざい》！　椎名渚《しいななぎさ》さんは無罪《むざい》が確定《かくてい》。無罪放免《むざいほうめん》となり、監獄《かんごく》からの脱出《だっしゅつ》が約束《やくそく》されます」

渚《なぎさ》はその言葉《ことば》を聞《き》いた瞬間《しゅんかん》、ひざから崩《くず》れ落《お》ちた。

「渚《なぎさ》……！」

俺《おれ》が渚《なぎさ》のもとへ走《はし》って向《む》かう。渚《なぎさ》の目《め》にはいっぱいの涙《なみだ》がたまっていた。

「お母《かあ》さん、私《わたし》のこと恨《うら》んでなかった……私《わたし》のせいじゃないって……生《い》きてって言《い》ってた」

「そうだよ。渚《なぎさ》、これでわかっただろう？　渚《なぎさ》がお母《かあ》さんを殺《ころ》したわけじゃないってこと。もう罪《つみ》を背負《せお》わなくていいんだ」

「……っ、う……うわあああああ」

渚《なぎさ》は声《こえ》を出《だ》して泣《な》いた。ずっと一人《ひとり》で抱《かか》えて来《き》たんだもんな。苦《くる》しいことも、悲《かな》しいことも全部《ぜんぶ》。自分《じぶん》の責任《せきにん》だと……。

「戻《もど》ろう」

二人《ふたり》で傍聴席《ぼうちょうせき》に戻《もど》ると、気持《きも》ちが落《お》ち着《つ》いたのか渚《なぎさ》は言《い》った。

「俊《しゅん》くん、ありがとう……俊《しゅん》くんがいなかったら私《わたし》、第三《だいさん》ゲームのあとに、リセットボタンを押《お》して死《し》んでたと思《おも》う。今《いま》ね、生《い》きててよかったって、生《い》きようって思《おも》えたの」

渚《なぎさ》はふわりと笑《わら》う。

――ドキン。

ああ、そういえば……渚《なぎさ》ってこうやって歯《は》を見《み》せてよく笑《わら》っていたよな。

『俊《しゅん》くんっておもしろいこと考《かんが》えるんだね』

あの時《とき》の渚《なぎさ》が戻《もど》ってきたんだ。そう思《おも》うとうれしくなった。

「だから俊《しゅん》くんもがんばって、罪《つみ》に向《む》き合《あ》ってここに戻《もど》って来《き》てほしい」

渚《なぎさ》にそう言《い》われた瞬間《しゅんかん》、俺《おれ》はわれに返《かえ》った。

「俺《おれ》は、戻《もど》って来《こ》れないかもしれない」

「えっ」

このゲームが始《はじ》まった時《とき》から、あのモニターに映《うつ》る人《ひと》が誰《だれ》かはわかっていた。

きっと彼《かれ》は俺《おれ》を許《ゆる》さないだろう。

だから……俺《おれ》は。

「さぁ続《つづ》いての挑戦者《ちょうせんしゃ》は～～大貫俊《おおぬきしゅん》くんです。裁《さば》き台《だい》に立《た》ってください！」

覚悟《かくご》を決《き》めないといけない。

俺《おれ》はごくりと息《いき》をのむ。

ずっと抱《かか》えてきた罪《つみ》。ようやく告白《こくはく》する時《とき》が来《く》る。

渚《なぎさ》が自分《じぶん》を人殺《ひとごろ》しだと言《い》うのなら、俺《おれ》も同《おな》じ……いや、俺《おれ》はそれよりもヒドイことをした。

『俊《しゅん》……助《たす》けて、痛《いた》いよぅ』

俺《おれ》は自分《じぶん》の足《あし》で、裁《さば》き台《だい》へと向《む》かった。

裁《さば》き台《だい》に立《た》つと案外目線《あんがいめせん》が高《たか》くて、強制的《きょうせいてき》にモニターに向《む》き合《あ》う形《かたち》になる。

「さぁ、被害者《ひがいしゃ》としてここへ出《で》て来《き》てくれるのは……」

――ドクン、ドクン、ドクン。

「この人《ひと》。**秋山千尋《あきやまちひろ》くん**です」

そう言《い》って、サバキはモニターに、死《し》んだはずの千尋《ちひろ》の姿《すがた》を映《うつ》した。

「ち、ひろ……」

死《し》んでしまった人《ひと》もここに呼《よ》ぶことができるのか？

いったいどうやって……。

「今回《こんかい》の被害者《ひがいしゃ》は亡《な》くなっているとのことなので、特殊《とくしゅ》な力《ちから》で死者《ししゃ》の魂《たましい》を呼《よ》び寄《よ》せてみました！」

さっきの渚《なぎさ》の件《けん》で思《おも》ったんだ。

意識《いしき》を失《うしな》った人《ひと》の意識《いしき》を連《つ》れて来《こ》られるのなら、死《し》んでしまった人《ひと》の魂《たましい》もここに呼《よ》べるんじゃないかって……。

千尋《ちひろ》は死《し》んだあの時《とき》のままの姿《すがた》をしていた。

小学六年生《しょうがくろくねんせい》の時《とき》のまま。

「……っ、千尋《ちひろ》」

声《こえ》をかけると千尋《ちひろ》は言《い》った。

『久《ひさ》しぶりだね、俊《しゅん》』

千尋《ちひろ》はひどく落《お》ち着《つ》いていた。

本当《ほんとう》に千尋《ちひろ》だ……。あの時《とき》のままの千尋《ちひろ》。

懐《なつ》かしさに目頭《めがしら》が熱《あつ》くなる。

でも泣《な》く資格《しかく》なんて俺《おれ》にはない。

「さぁ、それでは、大貫俊《おおぬきしゅん》くんの犯《おか》した罪《つみ》の告白《こくはく》を行《おこな》ってください」

千尋《ちひろ》の顔《かお》を見《み》ることができず、俺《おれ》はうつむきがちで答《こた》える。

「俺《おれ》の犯《おか》した罪《つみ》は……親友《しんゆう》だった千尋《ちひろ》へのイジメを見《み》て見《み》ぬフリしたことです」

あの時《とき》、平沢《ひらさわ》くんに言《い》われた言葉《ことば》……。

『なんだよ、俊《しゅん》。正義《せいぎ》のヒーローぶるつもりか？　イジメを見《み》て見《み》ぬフリしておいて』

『それで心《こころ》を入《い》れ替《か》えたつもりか？　そんなことしたって、お前《まえ》の罪《つみ》は一生《いっしょう》消《き》えねぇんだよ』

本当《ほんとう》に彼《かれ》の言《い》うとおりだった。

千尋《ちひろ》を失《うしな》ってからイジメをやめろって訴《うった》えたところで、俺《おれ》の罪《つみ》が消《き》えるわけじゃない。

「見《み》て見《み》ぬフリはイジメといっしょって言《い》うよね～～？　俊《しゅん》くん、そんなことしてたんだぁ～！」

サバキが茶化《ちゃか》すように言《い》うがなにも返《かえ》すことができない。

「それじゃあ謝罪《しゃざい》タイムに移《うつ》りましょうか！」

まずは千尋《ちひろ》にあやまらなくちゃいけない。

「千尋《ちひろ》……俺《おれ》、その……」

そこまで言《い》った時《とき》、千尋《ちひろ》は俺《おれ》の言葉《ことば》をさえぎるように言《い》った。

『いいよ。謝罪《しゃざい》はいらない』

ドクンと胸《むね》が強《つよ》く音《おと》を立《た》てる。

そう、だよな……。

当《あ》たり前《まえ》だ、許《ゆる》されるわけなんてない。

俺《おれ》は手《て》の力《ちから》をだらんと抜《ぬ》くと、千尋《ちひろ》に深《ふか》く頭《あたま》を下《さ》げた。

「それでもお願《ねが》いだ……あやまらせてほしい。あの時《とき》、助《たす》けられなくて……いや、助《たす》けなくてごめん……」

俺《おれ》の抱《かか》えた罪《つみ》は、イジメに遭《あ》っていた親友《しんゆう》の千尋《ちひろ》を見捨《みす》てたこと。

小学六年生《しょうがくろくねんせい》の夏《なつ》のことを俺《おれ》は今《いま》でも鮮明《せんめい》に覚《おぼ》えてる。

『あ、このバッジ俺《おれ》も持《も》ってる！　それ、ゲームのやつだよな？』

『う、うん……キミもやってるの？　これ、誰《だれ》も知《し》ってる人《ひと》いないのに……』

『お父《とう》さんが見《み》つけてやってたんだけど、俺《おれ》もやるようになったんだ！　ちょっと難《むずか》しいけどおもしろいゲームなのに、みんな知《し》らないのもったいないよなぁ』

『僕《ぼく》もそう思《おも》ってたんだ！』

共通点《きょうつうてん》があって仲良《なかよ》くなった俺《おれ》と千尋《ちひろ》。

『ねぇ、このゲーム、対戦《たいせん》もできるじゃん？　もしよかったら、僕《ぼく》の家《うち》に来《こ》ない？』

『いいのか？　対戦《たいせん》したい……！』

『もちろんだよ。てか僕《ぼく》のことは千尋《ちひろ》って呼《よ》んでよ』

『じゃあ俺《おれ》も俊《しゅん》って呼《よ》んでくれ』

声《こえ》をかけたその日《ひ》からいっしょに帰《かえ》って、家《いえ》からゲームを持《も》って千尋《ちひろ》の家《いえ》で対戦《たいせん》した。

千尋《ちひろ》にやり方《かた》を教《おし》えてもらったり、難《むずか》しいところの攻略法《こうりゃくほう》を聞《き》いたりして、すぐに仲《なか》良《よ》くなった。

千尋《ちひろ》はゲームも好《す》きだったが、サッカーも得意《とくい》で学校外《がっこうがい》のクラブチームに入《はい》っていた。

そこのクラブチームはうまい選手《せんしゅ》が集《あつ》まっていて、サッカーの強豪中学校《きょうごうちゅうがっこう》からのスカウトもあるらしい。

中学生《ちゅうがくせい》になったら、サッカーの強《つよ》い学校《がっこう》に行《い》くんだって千尋《ちひろ》はいきいきと話《はな》していた。

そうなったら学校《がっこう》は離《はな》れちゃうけど、千尋《ちひろ》とはいつまでも仲良《なかよ》くいられる気《き》がする。
そう思《おも》っていたある日《ひ》、突然《とつぜん》千尋《ちひろ》が松葉《まつば》づえをついて学校《がっこう》へやってきた。
『どうしたんだよ、千尋《ちひろ》』
『ちょっとクラブの練習前《れんしゅうまえ》に階段《かいだん》から落《お》ちちゃって……』
『大丈夫《だいじょうぶ》なのかよ！』
『うん……』
『試合《しあい》は？』
『医者《いしゃ》に聞《き》いたら出《で》られないって……』
俺《おれ》はそれを聞《き》いた時《とき》、なんて声《こえ》をかけたらいいかわからなかった。
あんなにサッカーをがんばっていたのに、ケガして試合《しあい》に出《で》られないなんて。
しかし、千尋《ちひろ》は笑《わら》った。
『俊《しゅん》、心配《しんぱい》しなくていいよ。こんなケガすぐに直《なお》して復帰《ふっき》してやるからさ！』
前向《まえむ》きな千尋《ちひろ》にほっとしつつ、俺《おれ》は彼《かれ》の生活《せいかつ》をできるだけ支《ささ》えることに決《き》めた。
『じゃあ俊《しゅん》、今日《きょう》はありがとう。クラブ行《い》ってくるね』
『ケガしても行《い》くのか？』

『うん、応援《おうえん》もしたいし……復帰《ふっき》した時《とき》に遅《おく》れないようにコーチの指示《しじ》とか聞《き》いておかなきゃ』

千尋《ちひろ》はすごいな……。

いつか俺《おれ》にもそれだけ努力《どりょく》したいって思《おも》えることが出《で》てくるのかな。

しかし、その次《つぎ》の日《ひ》。学校《がっこう》に行《い》くと、千尋《ちひろ》はクラスのリーダー的存在《てきそんざい》である佐々木《ささき》たちのグループに取《と》り囲《かこ》まれていた。

『ドロボウが学校《がっこう》来《き》てんじゃねぇぞ』

『お前《まえ》、ジャマなんだよ』

佐々木《ささき》が、ケガしている千尋《ちひろ》のことを蹴《け》ったり踏《ふ》んづけたりしていた。

『おい、やめろよ！』

俺《おれ》はあわてて千尋《ちひろ》のもとに駆《か》け寄《よ》っていった。

『なんでこんなことするんだ！　ケガもしてるのに……ヒドイと思《おも》わないのか』

俺《おれ》がつめ寄《よ》ると、佐々木《ささき》は言《い》った。

『思《おも》わねぇよ。コイツ……サッカーのクラブチームで、仲間《なかま》の財布盗《さいふぬす》んでたんだぜ』

『えっ』

『みんなが練習《れんしゅう》してる間《あいだ》に更衣室《こういしつ》に忍《しの》びこんで、仲間《なかま》の財布《さいふ》を自分《じぶん》のバッグの中《なか》に入《い》れてたらしい。盗《ぬす》まれたやつは塾《じゅく》の友達《ともだち》なんだ。話聞《はなしき》いたらイライラしてよ。コイツはドロボウなんだよ』

千尋《ちひろ》がドロボウ……？　そんなはずない。

あんなにまっすぐでやさしい性格《せいかく》の千尋《ちひろ》がそんなことするわけないんだ。

『お前《まえ》のこと絶対許《ぜったいゆる》さないからな』

佐々木《ささき》はそう言《い》うと、その場《ば》を去《さ》って行《い》った。

『大丈夫《だいじょうぶ》か？　千尋《ちひろ》……』

『うん、ごめんね』

『千尋《ちひろ》がサイフを盗《ぬす》んだって、そんなのおかしいよな。いったいどうなってるんだ？』

『やっぱり俊《しゅん》だけは僕《ぼく》がやってないって、信《しん》じてくれるんだな……』

『当《あ》たり前《まえ》だろ！　千尋《ちひろ》がやるわけない！』

俺《おれ》がそう伝《つた》えると、千尋《ちひろ》はポロポロと涙《なみだ》を流《なが》した。

『誰《だれ》も信《しん》じてくれないんだ。練習《れんしゅう》が終《お》わったら、チームメイトの財布《さいふ》がないって騒《さわ》ぎになって。……カバンをチェックしたら、僕《ぼく》のカバンの中《なか》にそいつの財布《さいふ》が入《はい》ってて。それで、クラブもやめさせられるかもしれなくて……』

『なんだよそれ、誰《だれ》がそんなこと……』

しかし、千尋《ちひろ》はうつむくだけでなにも答《こた》えなかった。

『俺《おれ》もなにかできることがないか、考《かんが》えるから』

『ありがとう、俊《しゅん》』

しかし、事態《じたい》は俺《おれ》が想像《そうぞう》しているよりかなり悪《わる》かった。

千尋《ちひろ》がクラブで盗難《とうなん》をしたということは、学校中《がっこうじゅう》に広《ひろ》まってしまった。

そして……。

『千尋《ちひろ》、上履《うわば》きどうしたんだ？』

『なくなっちゃって……』

またある日《ひ》は……。

『おい、探《さが》したのにどこに行《い》ってたんだ……って、千尋《ちひろ》の体操着《たいそうぎ》、どうしてそんなに汚《よご》れてるんだよ』

『あー……うん……』

あきらかに様子《ようす》がおかしいことが増《ふ》えた。

佐々木《ささき》だけじゃない。

ウワサを知《し》った他《ほか》のクラスの子《こ》たちまで、千尋《ちひろ》をイジメるようになっていた。

俺《おれ》は担任《たんにん》に相談《そうだん》してみたが、その時《とき》の先生《せんせい》はなにも対応《たいおう》してくれず……どうしたらいいかわからなくなってしまった。

それなら俺《おれ》が佐々木《ささき》にハッキリと伝《つた》えよう。もうこんなことはやめてくれって。

放課後《ほうかご》、佐々木《ささき》たちを呼《よ》び出《だ》した。

『なんだよ、俊《しゅん》。まさかアイツのイジメをやめろ、とか言《い》うんじゃないよなぁ？』

『わかってるならやめてほしい。ただでさえケガしてるのに、ボロボロになっていく千尋《ちひろ》を見《み》ているなんてたえらえない！』

『アイツはドロボウだから、イジメられて当然《とうぜん》だろうが』

『ドロボウなんかじゃない！』

『じゃあ証拠《しょうこ》は？　アイツがやってないっていう証拠《しょうこ》を出《だ》してみろよ』

佐々木《ささき》にそう言《い》われ、俺《おれ》は黙《だま》ってしまう。

『証拠《しょうこ》は、ないけど……でも千尋《ちひろ》はそんなことするようなやつじゃない！』

すると佐々木《ささき》は声《こえ》を出《だ》して笑《わら》う。

『アハハハハ！　なんにもねぇのにいきがってんじゃねぇよ！』

いきなり佐々木《ささき》が俺《おれ》の胸《むな》ぐらをつかんだ。

『お前《まえ》、うぜーんだよ！　こっちは、ドロボウを地獄《じごく》に落《お》としてやろうとしてるのに、ちょろちょろしやがって。そろそろターゲット変《か》えるか』

そう言《い》って俺《おれ》を見《み》る佐々木《ささき》。

『やれるもんならやればいい』

俺《おれ》は佐々木《ささき》をにらんだ。

『…………やめだ。こういうやつをイジメたっておもしろくねぇ。そうだ……なぁ、俊《しゅん》。千尋《ちひろ》へのイジメを止《と》めてぇか？』

『当《あ》たり前《まえ》だ』

『千尋《ちひろ》のウワサは広《ひろ》まってる。アイツはドロボウだってみんな思《おも》っている。俺《おれ》たちがイジメる限《かぎ》り、周《まわ》りも便乗《びんじょう》して千尋《ちひろ》に対《たい》していやがらせをする』

そうだ。見《み》せしめのようにイジメをしている佐々木《ささき》の姿《すがた》は、周《まわ》りには悪者《わるもの》を裁《さば》いているように映《うつ》っているのだろう。

『千尋《ちひろ》を許《ゆる》してやってもいいぜ。そうすれば、そのうちウワサも消《き》えて千尋《ちひろ》をイジメるやつもいなくなるだろ？』

『本当《ほんとう》か⁉』

『ああ、その代《か》わり……俺《おれ》たちが見《み》てる前《まえ》で千尋《ちひろ》と縁《えん》を切《き》れ。もう友達《ともだち》じゃないと伝《つた》えるんだ。ちゃんとやったらイジメをやめてやる』

『な、なんでそんなこと……っ』

『おいおい、いい条件《じょうけん》だろ？　千尋《ちひろ》を助《たす》けたいんだよなぁ？　だったら覚悟《かくご》見《み》せろって言《い》ってんだよ』

覚悟《かくご》……。

俺《おれ》が千尋《ちひろ》と縁《えん》を切《き》る覚悟《かくご》……。

ぐっとこぶしを握《にぎ》る。

俺《おれ》が千尋《ちひろ》と縁《えん》を切《き》ることで救《すく》えるのなら……俺《おれ》は……。

それから千尋《ちひろ》を呼《よ》び出《だ》し俺《おれ》は告《つ》げた。

佐々木《ささき》たちは物陰《ものかげ》に隠《かく》れ、その様子《ようす》を見《み》ている。

『俊《しゅん》、話《はなし》ってなに？』

『あのさ……千尋《ちひろ》とはもう友達《ともだち》でいたくない』

『どうしてだよ』

『わかるだろ？　お前《まえ》といっしょにいると俺《おれ》まで危害《きがい》を加《くわ》えられるんだ。それがうんざりなんだよ！』

『俊《しゅん》……』

『もう関《かか》わらないでくれ。お前《まえ》とは友達《ともだち》やめたから』

『そんな俊《しゅん》……っ、そんなこと言《い》わないでくれよ！』

今《いま》でも千尋《ちひろ》の叫《さけ》び声《ごえ》が耳《みみ》に残《のこ》っている。

それから千尋《ちひろ》がイジメられるようなことがあっても、見《み》て見《み》ぬフリをした。

『俊《しゅん》……助《たす》けて、痛《いた》いよぅ』

『……っ』


最後《さいご》に千尋《ちひろ》が俺《おれ》にすがるように手《て》を伸《の》ばした姿《すがた》を忘《わす》れられない。

ごめん千尋《ちひろ》……。

俺《おれ》が見《み》て見《み》ぬフリをすれば、佐々木《ささき》たちは手《て》を出《だ》さない。

そうしたらいずれ風化《ふうか》して、イジメられなくなるから……。

それまでガマンしてほしいんだ。

苦《くる》しい気持《きも》ちを抱《かか》えながら、千尋《ちひろ》の前《まえ》を通《とお》り過《す》ぎた翌日《よくじつ》。

千尋《ちひろ》は学校《がっこう》の屋上《おくじょう》から飛《と》び降《お》りた。

あの時《とき》俺《おれ》が千尋《ちひろ》を助《たす》けなかったから……。

千尋《ちひろ》の必死《ひっし》のSOS《エスオーエス》を無視《むし》してしまったから……。

いずれよくなるから、なんて軽《かる》い考《かんが》えをしていた。

〝いずれ〟じゃダメだったんだ。千尋《ちひろ》は今《いま》、苦《くる》しんでいたのに……っ。

後悔《こうかい》したってもう遅《おそ》い。

大切《たいせつ》な親友《しんゆう》はもう……。

『うあああああっ！』

帰《かえ》ってくることはない——。

『俺《おれ》は死《し》んでから知《し》ったんだ。あれは佐々木《ささき》くんに言《い》わされていた言葉《ことば》だったことを……。

そして俊《しゅん》が僕《ぼく》を助《たす》けるためにとった行動《こうどう》だったたってことを』

ぐっとこぶしを強《つよ》く握《にぎ》りしめる。

爪《つめ》が食《く》いこむ手《て》のひらからは血《ち》がにじんでいた。

『僕《ぼく》たちは実《じつ》は、サバキにゲームをずっと見《み》せられていたんだ。だから俊《しゅん》のことも見《み》てたよ』

「千尋《ちひろ》……」

『俊《しゅん》はずっと変《か》わってなかったんだね。俊《しゅん》が僕《ぼく》に声《こえ》をかけてやさしく笑《わら》いかけてくれた日《ひ》から毎日《まいにち》がすごく楽《たの》しかった。こんな結果《けっか》になってしまったけど、**僕《ぼく》はずっと俊《しゅん》のこと……怒《おこ》ってなんかなかったよ……**』

「でも俺《おれ》は千尋《ちひろ》のこと、救《すく》ってあげられなかった」

『いいんだ……。俺《おれ》のことを最後《さいご》まで信《しん》じてくれたのは俊《しゅん》だけだったから……』

そこまで言《い》うと、俊《しゅん》はサバキのほうを向《む》いた。

『札《ふだ》をあげるよ』

「さーて、運命《うんめい》のジャッジタイムとなりました！　大貫俊《おおぬきしゅん》さんは有罪《ゆうざい》か？　無罪《むざい》か？

札《ふだ》をあげてください！」

千尋《ちひろ》は【無罪《むざい》】の札《ふだ》をあげた。

「みごと、大貫俊《おおぬきしゅん》さんが無罪《むざい》となりました〜〜！　この監獄《かんごく》から脱出《だっしゅつ》できます！　おめでとう」

俺《おれ》は助《たす》かったのか……。

これが本当《ほんとう》に正《ただ》しい選択《せんたく》なのかはわからない。

死《し》んで償《つぐな》うという言葉《ことば》もあるはずだ。

でも……千尋《ちひろ》は言《い》ってくれた。

『僕《ぼく》はずっと俊《しゅん》のこと……怒《おこ》ってなんかなかったよ』

そっか、怒《おこ》ってなかったのか。

ツーッと涙《なみだ》が流《なが》れてくる。

罪《つみ》を許《ゆる》してもらえたけれど、千尋《ちひろ》が戻《もど》ってくるわけじゃない。

俺《おれ》は自分《じぶん》の手《て》で親友《しんゆう》を救《すく》い出《だ》すことができなかったんだ。

その事実《じじつ》は変《か》わらない。どんなことがあっても。

「千尋《ちひろ》……本当《ほんとう》にごめん……」

モニターの電源《でんげん》はブチっと切《き》られてしまった。

俺《おれ》は唇《くちびる》を噛《か》みしめながら、元《もと》いた場所《ばしょ》に戻《もど》る。

すると渚《なぎさ》が声《こえ》をかけてくる。

「私《わたし》も同《おな》じ気持《きも》ちだよ。許《ゆる》されても自分《じぶん》の罪《つみ》が消《き》えたわけじゃない。これからもずっと罪《つみ》を背負《せお》って生《い》きていこう」

「ああ」

俺《おれ》がそう答《こた》えた時《とき》、サバキが言《い》った。

「それでは、最後《さいご》になります！　最後《さいご》はこの人《ひと》……根本卓《ねもとすぐる》くんです！」

そういえば、卓《すぐる》の犯《おか》した罪《つみ》はなんなんだ。ずっとわからずここまで来《き》てしまった。

「……っ」

さっきから口数《くちかず》も少《すく》ないし……。

でも当然《とうぜん》か、自分《じぶん》の罪《つみ》と向《む》き合《あ》わないといけないんだもんな。

卓《すぐる》はなにも言《い》わずに、裁《さば》き台《だい》に立《た》った。

真《ま》っ直《す》ぐにモニターを見《み》つめる卓《すぐる》。

すると、そこに映《うつ》った人《ひと》を見《み》て俺《おれ》は目《め》を見開《みひら》いた。

「どうして、千尋《ちひろ》がそこにいるんだ……」

モニターに映《うつ》っているのは千尋《ちひろ》だった。

サバキが間違《まちが》えたのか？

そう思《おも》っていると、千尋《ちひろ》が言《い》う。

『まさかキミが俊《しゅん》と仲《なか》がよかったなんてね』

「俺《おれ》も、俊《しゅん》の前《まえ》に千尋《ちひろ》が出《で》てきた時《とき》は驚《おどろ》いたよ」

二人《ふたり》は知《し》り合《あ》いなのか……？

でも卓《すぐる》は、俺《おれ》たちと同《おな》じ小学校《しょうがっこう》ではなかっただろう？

「それでは、根本卓《ねもとすぐる》くん。罪《つみ》を告白《こくはく》してください」

「俺《おれ》の罪《つみ》は千尋《ちひろ》を階段《かいだん》から突《つ》き落《お》としたこと。そして千尋《ちひろ》に財布《さいふ》ドロボウの罪《つみ》を負《お》わせたことだ」

「なっ……」

言葉《ことば》が出《で》ない。

財布《さいふ》ドロボウの罪《つみ》って、千尋《ちひろ》がイジメられるきっかけになった事件《じけん》か……!?

どうしてやさしい卓《すぐる》がそんなことを……。

『僕《ぼく》はあの時《とき》、サッカー推薦《すいせん》を目指《めざ》していたんだ。サッカーの強《つよ》い中学《ちゅうがく》に行《い》って、そこで活躍《かつやく》するはずだったのに……すべてを卓《すぐる》が奪《うば》った』

「卓《すぐる》、ウソだよな……」

千尋《ちひろ》の言葉《ことば》を聞《き》いて俺《おれ》がおそるおそるたずねると、卓《すぐる》は小《ちい》さく笑《わら》った。

「ウソじゃないよ」

「どうしてそんなこと……」

すると卓《すぐる》は手《て》を強《つよ》く握《にぎ》りしめた。

「あせってたんだ。千尋《ちひろ》は五年生《ごねんせい》の時《とき》に俺《おれ》たちのクラブに入《はい》ってきて、すぐにコーチに認《みと》められた。千尋《ちひろ》は俺《おれ》と同《おな》じポジションだったから……俺《おれ》は補欠《ほけつ》に回《まわ》ることが多《おお》くなったんだ」

サッカーつながりで、卓《すぐる》と千尋《ちひろ》は面識《めんしき》があったのか……。

『でもキミは言《い》ったじゃないか、僕《ぼく》と張《は》り合《あ》えるライバル関係《かんけい》になってすごく楽《たの》しいって！　負《ま》けないぞって……！』

「そんなの……っ。強《つよ》がりに決《き》まってるだろう!?　ずっとあせってた。笑顔《えがお》の裏《うら》では、ポジションを奪《うば》われたら……負《ま》けたらどうしようってずっと考《かんが》えてた。俺《おれ》にはこれしかないんだよ！　母《かあ》さんが唯一《ゆいいつ》……俺《おれ》がサッカーで活躍《かつやく》した時《とき》だけ喜《よろこ》んでくれたんだ。それなのに、このポジションを奪《うば》われたら……俺《おれ》はなにを誇《ほこ》って生《い》きていったらいいんだよ！」

卓《すぐる》が吐《は》く言葉《ことば》は心《こころ》の奥底《おくそこ》からの叫《さけ》びだった。

卓《すぐる》にも思《おも》いつめていたことがあったのかもしれない。

でも……それでも……、千尋《ちひろ》にケガをさせたりぬれ衣《ぎぬ》を着《き》せたりしていい理由《りゆう》にはならない。

『それで、俺《おれ》のことを階段《かいだん》から突《つ》き落《お》としたのか』

「ああ、そうだ。思《おも》いっきりケガするように突《つ》き飛《と》ばしてやった」

隣《となり》にいた渚《なぎさ》は手《て》で口《くち》をおおう。

こんなこと……ありえない。

あの時《とき》の千尋《ちひろ》の苦《くる》しみは俺《おれ》がそばにいたからわかっていた。

自分《じぶん》でポジティブになれる言葉《ことば》をかけつつも、いつケガが治《なお》るのか、またレギュラーとしてサッカーができるのか、きっとずっと不安《ふあん》だったと思《おも》う。

「でも……っ」

卓《すぐる》は唇《くちびる》を噛《か》みしめた。

「失敗《しっぱい》したんだ」

『失敗《しっぱい》……？』

「本当《ほんとう》は背後《はいご》からバレないようにやるはずだった……でも、突《つ》き飛《と》ばした瞬間《しゅんかん》、千尋《ちひろ》が一瞬《いっしゅん》ふり返《かえ》って目《め》が合《あ》ってしまった。俺《おれ》がやったってみんなにバレたらマズい、どうしようって走《はし》って逃《に》げたあと、なにかいい方法《ほうほう》がないか考《かんが》えた」

『もしかしてそれって』

「ああ、部員《ぶいん》の財布《さいふ》を盗《ぬす》んで千尋《ちひろ》に罪《つみ》をなすりつけることだよ。千尋《ちひろ》はきっと他《ほか》の部員《ぶいん》に俺《おれ》が突《つ》き落《お》としたことを言《い》うだろ。だから先回《さきまわ》りして、千尋《ちひろ》の信用《しんよう》を失《うしな》わせたんだ」

ヒドイ……。どうしてそんなことが普通《ふつう》にできるんだよ。

「全部《ぜんぶ》、うまくいったよ。おかげで千尋《ちひろ》は俺《おれ》が階段《かいだん》から突《つ》き落《お》としたことも言《い》えなくなったし、クラブチームにいられなくなり……やめていった」

卓《すぐる》はやめていったと思《おも》ってるかもしれない。でもそうじゃない。

やめるしかなかったんだ。

「卓《すぐる》は知《し》らないだろ……そのせいで千尋《ちひろ》はイジメられることになったんだぞ!」

俺《おれ》は思《おも》わず声《こえ》を荒《あら》らげてしまう。

「そんなの知《し》らなかったよ。俺《おれ》が知《し》ってるのは千尋《ちひろ》が死《し》んだということだけ。それを聞《き》いた時《とき》は、俺《おれ》が、この手《て》で千尋《ちひろ》の人生《じんせい》を壊《こわ》したんだって思《おも》った……。でもどうしようもないじゃないか！　まさか死《し》ぬなんて思《おも》わなかったんだよ！　俺《おれ》はただ自分《じぶん》のポジションを取《と》り返《かえ》したいだけだったんだ！」

卓《すぐる》が涙《なみだ》を流《なが》しながら、大《おお》きな声《こえ》を出《だ》す。

ダメだよ、卓《すぐる》。取《と》り返《かえ》したいなら……もっと他《ほか》に方法《ほうほう》があっただろう？

「でも、なんで……卓《すぐる》はうちの学校《がっこう》にいるんだ」

うちの学校《がっこう》のサッカー部《ぶ》は強豪《きょうごう》ではない。

そこそこ強《つよ》いというのは聞《き》いたことがあるが……。

「もらえなかったんだよ……けっきょく。どこの学校《がっこう》からも推薦《すいせん》はもらえなかった」

「えっ」

「なんだよ！　みじめだって言《い》いたいのか？　あんなことまでしておいて、推薦《すいせん》すらもらえず、けっきょく地元《じもと》の中学《ちゅうがく》に来《き》たんだ！　ああ、みじめだよ。おかげで母親《ははおや》も俺《おれ》には全《まった》く期待《きたい》をしなくなった……」

「卓《すぐる》……」

卓《すぐる》にも抱《かか》えていたものがあったのだろう。

でもどうしてこんなことに手《て》を染《そ》めたんだよ。

「あきれただろ？」

涙《なみだ》でぬれた顔《かお》で卓《すぐる》にたずねられる。

その顔《かお》は後悔《こうかい》と不安《ふあん》をまとった顔《かお》だった。

卓《すぐる》の気持《きも》ちもわかる。

でも、俺《おれ》はここで寄《よ》り添《そ》う言葉《ことば》をかけてはいけないと思《おも》った。

「軽蔑《けいべつ》、したよ……」

本当《ほんとう》は言《い》いたくなかった。

自分《じぶん》の親友《しんゆう》にこんなこと。

でも、ダメだ。卓《すぐる》……少《すこ》しも同情《どうじょう》もできない。

「そう、だよな……」

すると、今《いま》まで黙《だま》っていた千尋《ちひろ》が口《くち》を開《ひら》いた。

『俺《おれ》はさ、最初《さいしょ》卓《すぐる》に階段《かいだん》から突《つ》き落《お》とされた時《とき》、こんなに卓《すぐる》は追《お》いこまれていたんだって気《き》づいたんだ。あの時《とき》のレギュラー争《あらそ》いは熾烈《しれつ》だったし、きっと苦《くる》しかったんだろうなって。だから……責《せ》める気《き》はなかったし、誰《だれ》かに言《い》おうとも思《おも》わなかった。二人《ふたり》で話《はなし》ができれば、それでよかったんだ！』

「ウソだ！　そんなわけないだろ……っ！」

俺《おれ》はさみしい気持《きも》ちで卓《すぐる》を見《み》つめる。

まだわからないんだな……。

千尋《ちひろ》は……ずっと一貫《いっかん》して卓《すぐる》の名前《なまえ》を出《だ》さなかった。

「本当《ほんとう》だよ、卓《すぐる》……。だって俺《おれ》が千尋《ちひろ》にそのケガどうしたんだって聞《き》いた時《とき》、自分《じぶん》で階《かい》段《だん》から落《お》ちたって言《い》ったんだよ」

「そ、そんなのウソだ！　絶対言《ぜったいい》いふらしたに決《き》まってる！　だから俺《おれ》は自分《じぶん》が悪者《わるもの》にならないように必死《ひっし》で……っ」

モニターを見《み》ると、千尋《ちひろ》は悲《かな》しげな顔《かお》をしていた。

その顔《かお》を見《み》て卓《すぐる》は、本当《ほんとう》に千尋《ちひろ》が誰《だれ》にも言《い》うつもりがなかったんだと悟《さと》ったんだろう。

「う、ああああああ……っ」

今《いま》ようやく自分《じぶん》の犯《おか》した罪《つみ》の重《おも》さに気《き》づいたようだった。

卓《すぐる》はひとしきり泣《な》いたあと、地面《じめん》に手《て》をついた。

「千尋《ちひろ》……本当《ほんとう》にごめん。罪《つみ》を償《つぐな》わないといけないのはわかってる。でも俺《おれ》……死《し》にたくないんだ。お願《ねが》いだ。生《い》きて罪《つみ》を償《つぐな》うから助《たす》けてくれないか？」

『僕《ぼく》はキミのせいで死《し》んだのに、そういうことを言《い》うんだね』

「都合《つごう》のいいことを言《い》ってるのはわかってる。でも……俺《おれ》、死《し》ぬのが怖《こわ》いんだ。お願《ねが》いだ……殺《ころ》さないで」

卓《すぐる》は地面《じめん》を頭《あたま》につけながらそう頼《たの》みこんだ。

千尋《ちひろ》は卓《すぐる》を許《ゆる》さないだろう。いや、許《ゆる》せないだろう。

『そうだね。わかった、チャンスをあげるよ』

「本当《ほんとう》か!?」

卓《すぐる》はばっと顔《かお》をあげた。

『ああ。**このジャッジは俊《しゅん》が決《き》めてよ**』

「えっ」

『俺《おれ》はもうジャッジをしたくない。俊《しゅん》が決《き》めたほうの札《ふだ》をあげるよ』

「な、なんで俺《おれ》が決《き》めるんだよ。千尋《ちひろ》……」

『そのほうが罰《ばつ》っぽいだろ？　僕《ぼく》も性格《せいかく》が悪《わる》いかな？　でもそれはおたがいさまだ』

ドクン、ドクンと心臓《しんぞう》が鳴《な》り響《ひび》く。

俺《おれ》が卓《すぐる》のことを許《ゆる》すか、許《ゆる》さないか決《き》めないといけないんだ……。

「俊《しゅん》、お願《ねが》いだ……助《たす》けてくれ」

その瞬間《しゅんかん》、千尋《ちひろ》の言葉《ことば》がよみがえる。

『俊《しゅん》、助《たす》けて……』

俺《おれ》が有罪《ゆうざい》を選択《せんたく》することで千尋《ちひろ》の気持《きも》ちは軽《かる》くなるのか？

罪《つみ》は償《つぐな》うことになるのか……？

それなら俺《おれ》は……。

答《こた》えを出《で》そうとした時《とき》、隣《となり》にいた渚《なぎさ》が止《と》めた。

「違《ちが》う……！　誰《だれ》かの代《か》わりに罪《つみ》を裁《さば》くなんて間違《まちが》ってる！」

渚《なぎさ》……？

「私《わたし》たちはみんな罪《つみ》を抱《かか》えてる。この罪《つみ》と向《む》き合《あ》って生《い》きていかないといけないの」

渚《なぎさ》が大《おお》きな声《こえ》で伝《つた》える。

「卓《すぐる》くんを許《ゆる》すか許《ゆる》さないかを決《き》めるのは、千尋《ちひろ》くんしかいない……代《か》わりに俊《しゅん》くんにさせたって、俊《しゅん》くんの罪《つみ》が軽《かる》くなるわけじゃないし、あなたの心《こころ》だって救《すく》われないでしょう？」

渚《なぎさ》の言葉《ことば》で俺《おれ》は、はっとわれに返《かえ》った。

そうだ。俺《おれ》が代《か》わりに卓《すぐる》に罰《ばつ》を与《あた》えれば千尋《ちひろ》から許《ゆる》されるんじゃないかと思《おも》ってた。

でもそんなことあるはずない。

「ごめん、千尋《ちひろ》……俺間違《おれまちが》ってたよ」

俺《おれ》が謝《あやま》ると、千尋《ちひろ》は静《しず》かに言《い》った。

『そうだよね。俺《おれ》も反省《はんせい》した……本当《ほんとう》は怖《こわ》かったんだ。自分《じぶん》で選択《せんたく》すること……』

そう言《い》って千尋《ちひろ》はゆっくりと**【有罪《ゆうざい》】**の札《ふだ》をあげた。

「千尋《ちひろ》……」

『キミのことは許《ゆる》さない、絶対《ぜったい》に。俺《おれ》と勝負《しょうぶ》がしたいなら、同《おな》じフィールドに来《き》て戦《たたか》ってくれよ。それでようやく同等《どうとう》になれる』

「そん、な……っ」

卓《すぐる》の顔《かお》が絶望《ぜつぼう》に変《か》わる。

「根本卓《ねもとすぐる》くんに有罪判決《ゆうざいはんけつ》が下《くだ》されました〜!! **処刑確定《しょけいかくてい》**です!」

卓《すぐる》……。

「さあ、最期《さいご》になにか言《い》い残《のこ》すことはありますか?」

「お、俺《おれ》は……戦《たたか》い方《かた》を間違《まちが》えただけだ。間違《まちが》いなんて誰《だれ》にでもあるだろ……っ。俺《おれ》も不幸《ふこう》な目《め》に遭《あ》ったんだ。母親《ははおや》には見放《みはな》され、推薦《すいせん》ももらえず……こんな学校《がっこう》でキャプテンなんかしてる。全然《ぜんぜん》幸《しあわ》せじゃなかった……だからあおいこってことで許《ゆる》してくれよぉ」

必死《ひっし》にそう伝《つた》える、卓《すぐる》にサバキは伝《つた》える。

「間違《まちが》えたら、それを直《なお》さないといけないよね！　それじゃあ卓《すぐる》くん。地獄《じごく》に行《い》って罪《つみ》を償《つぐな》ってきてね〜！　バイバイ〜」

サバキがそう伝《つた》えると、卓《すぐる》の足下《あしもと》の台《だい》がパカっと開《ひら》いた。

「うわあああああ」

卓《すぐる》は穴《あな》の中《なか》に落《お》ちていく。

この穴《あな》の中《なか》にあるのは……。

「熱《あつ》い、苦《くる》しい……助《たす》けてくれ！　お願《ねが》いだ……っ、ちゃんと反省《はんせい》するから！」

燃《も》え盛《さか》る炎《ほのお》だ。

どんなに苦《くる》しんでも出《で》ることができない。でも同《おな》じだけ千尋《ちひろ》も苦《くる》しんだことだろう。

俺《おれ》は見《み》ていることができなかった。

「苦《くる》しい、苦《くる》しいよおおお。助《たす》けて……死《し》にたくない」

目《め》をそらし、手《て》を握《にぎ》りしめ……親友《しんゆう》の……卓《すぐる》の命《いのち》が消《き》えていくのを待《ま》つことしかでき

なかった。

「クッソ……っ！」

俺《おれ》と卓《すぐる》にもいっしょに過《す》ごしてきた日々《ひび》があった。

卓《すぐる》はまじめだし、まっすぐで明《あか》るい性格《せいかく》だった。

プレッシャーを恐《おそ》れることがなければ……彼《かれ》は、あんなことに手《て》を染《そ》めなかったかもしれない。

そして、こんなふうに死《し》んでいくこともなかったかもしれない。

「……卓《すぐる》……」

彼《かれ》の声《こえ》が聞《き》こえなくなると、サバキはモニターの電源《でんげん》も切《き》った。

そして俺《おれ》たちのほうを見《み》る。

「無罪《むざい》となった大貫俊《おおぬきしゅん》くん、そして椎名渚《しいななぎさ》さん、おめでとう!! キミたちは罪《つみ》から解放《かいほう》されて、**この監獄《かんごく》から脱出《だっしゅつ》できます。**今後《こんご》の人生《じんせい》……キミたちがどう生《い》きていくか、それはあなたたちの手《て》に委《ゆだ》ねられています。さらに罪《つみ》を重《かさ》ねるのか、罪《つみ》に囚《とら》われず生《い》きるのか、罪《つみ》を抱《かか》え、反省《はんせい》して生《い》きていくのか……。私《わたし》は楽《たの》しみに見《み》ていますよ」

サバキがそこまで言《い》った瞬間《しゅんかん》、室内《しつない》に真《ま》っ白《しろ》なスモークがかかった。

そして視界《しかい》がぼやけていく。

ダメだ……また意識《いしき》が……っ。

罪《つみ》の終《お》わり

「ん……」

目《め》を覚《さ》ますと俺《おれ》たちは学校《がっこう》にいた。

「渚《なぎさ》、起《お》きるんだ！」

渚《なぎさ》の体《からだ》を揺《ゆ》らすと、彼女《かのじょ》は目《め》を開《あ》けた。

「ここは……？」

「学校《がっこう》だ」

「私《わたし》たち監獄《かんごく》から出《で》られたの？」

「ああ……」

「よかった……っ」

終《お》わったんだ……。

俺《おれ》はぼうぜんと立《た》ち尽《つ》くす。

千尋《ちひろ》は許《ゆる》してくれたけど、俺《おれ》にももっとできることがあったと思《おも》ってる。

千尋《ちひろ》が飛《と》び降《お》りずに済《す》んだ世界線《せかいせん》がきっとあったと思《おも》ってる。

すると隣《となり》にいる渚《なぎさ》が言《い》う。

「私《わたし》は自分《じぶん》が悪《わる》かったこと、背負《せお》って生《い》きていく……もう二度《にど》と同《おな》じ過《あやま》ちを繰《く》り返《かえ》さないために」

「そうだな……」

俺《おれ》も同《おな》じ気持《きも》ちだ。

そんな話《はなし》をしていると、渚《なぎさ》のカバンの中《なか》からブーブーっと振動音《しんどうおん》が聞《き》こえてた。

「そうだ、私《わたし》……スマホ、病院《びょういん》との連絡用《れんらくよう》に許可《きょか》をもらって持《も》ってきていたの。ちょっと出《で》てもいい？」

「ああ、いいよ」

渚《なぎさ》は電話《でんわ》に出《で》て、話《はなし》をする。

「……はい、そうです。えっ、お母《かあ》さんが目《め》を覚《さ》ました!?　今《いま》すぐ行《い》きます！」

電話《でんわ》を切《き》った渚《なぎさ》はうれしそうな顔《かお》をして言《い》った。

「お母《かあ》さんが目《め》を覚《さ》ましたみたいなの。記憶《きおく》もしっかりあって私《わたし》に会《あ》いたいって」

「そっか……！　よかったな、渚《なぎさ》！　早《はや》く行《い》ってきな」

「うん！　行《い》ってくるね！」

そう言《い》って渚《なぎさ》は走《はし》りだす。

そして少《すこ》し走《はし》ると、立《た》ち止《ど》まって振《ふ》り返《かえ》った。

……？

「俊《しゅん》、ありがとう！　私《わたし》、生《い》きててよかった」

渚《なぎさ》はニッコリと笑《わら》った。

――ドキ。

あの時《とき》と同《おな》じ変《か》わらない笑顔《えがお》が戻《もど》ってきた。

「俺《おれ》も進《すす》まないとな……」

これからも罪《つみ》とともに生《い》きていくために――。

End

あとがき

ここまでお読《よ》みいただきありがとうございます！

今回《こんかい》もまた大好《だいす》きなデスゲームを執筆《しっぴつ》しました！　少《すこ》し変《か》わった「罪《つみ》」と向《む》き合《あ》うデスゲーム。もしあなたが俊《しゅん》の立場《たちば》だったらどんな選択《せんたく》をしますか？

自分《じぶん》たちの中《なか》で抱《かか》えている罪《つみ》がそれぞれにあって、向《む》き合《あ》い方《かた》も全然違《ぜんぜんちが》ったり、向《む》き合《あ》うことのない人物《じんぶつ》もいましたね……。

今回《こんかい》「罪《つみ》」という難《むずか》しいテーマを扱《あつか》ったので、読者《どくしゃ》の方《かた》がピンっとくるかなという部《ぶ》分《ぶん》が不安《ふあん》でしたが、楽《たの》しめた！という人《ひと》がいたら、感想《かんそう》を聞《き》かせていただけるとうれしいです。


そして私《わたし》の代表作《だいひょうさく》である『人生終了《じんせいしゅうりょう》ゲーム』。二〇二四年《ねん》の七月《がつ》に野《の》いちごジュニア文庫《ぶんこ》で刊行《かんこう》した『人生終了《じんせいしゅうりょう》ゲーム～地獄《じごく》の敗者復活戦《はいしゃふっかつせん》へようこそ』でシリーズ四作品《よんさくひん》目《め》となりました。こちらは自信作《じしんさく》になりますので、見《み》ていない人《ひと》がいたらぜひ手《て》に取《と》っていただけるとうれしいです！

ここまでお読《よ》みいただきありがとうございました。
また新《あたら》しい作品《さくひん》でお会《あ》いできることを楽《たの》しみにしております。

二〇二四年十月二十日　cheery《チェーリィ》

野いちごジュニア文庫

著・cheeery（チェーリィ）

東京都在住。9月生まれ。バスケが得意で漫画を読むことが大好き。2013年に『イジワル男子の愛情表現』でデビューし、その後『ゆる恋』『好きなんて、言えるかよ。』『真面目くんがネクタイを緩めるとき』ほか、ジャンル問わず話題作を次々と発表。第9回日本ケータイ小説大賞で『キミのイタズラに涙する。』が、優秀賞およびTSUTAYA賞を受賞（すべてスターツ出版刊）。現在はケータイ小説サイト「野いちご」にて活躍中。

絵・狐火（きつねび）

LINEマンガ線画担当を経験後、現在はVtuber制作や配信活動者の歌ってみたMV、ゲーム用PRイラストなど幅広く手掛ける。

脱獄サバイバル

2024年10月20日 初版第1刷発行

著　　者　cheeery　
発 行 人　菊地修一
デザイン　北國ヤヨイ（ucai）
発 行 所　スターツ出版株式会社
〒104-0031 東京都中央区京橋1-3-1 八重洲口大栄ビル7F
TEL 03-6202-0386（出版マーケティンググループ）
TEL 050-5538-5679（書店様向けご注文専用ダイヤル）
https://starts-pub.jp/
印 刷 所　大日本印刷株式会社

Printed in Japan
ISBN 978-4-8137-8180-6 C8293

ファンレターのあて先

〒104-0031　東京都中央区京橋1-3-1 八重洲口大栄ビル7F
スターツ出版（株）書籍編集部 気付
cheeery 先生
いただいたお便りは編集部から先生におわたしいたします。

クラス全員《ぜんいん》を裏切《うらぎ》って生《い》き残《のこ》れ!!

cheeery《チェーリィ》・著
シソ・絵

人生終了《じんせいしゅうりょう》ゲーム

センタクシテクダサイ

20XX年《ねん》。政府《せいふ》がある中学《ちゅうがく》のクラスを対象《たいしょう》に、命《いのち》の重《おも》みをわからせるための実験《じっけん》を試《こころ》みた。【センタク者《しゃ》】に選《えら》ばれた者《もの》は、1時間以内《じかんいない》に【A】もしくは【B】の人物《じんぶつ》を殺《ころ》さなければならない。センタクしなかった場合《ばあい》、待《ま》っているのは自分《じぶん》の死《し》。最後《ご》のひとりになるまで終《お》わらない死《し》のゲームの行方《ゆくえ》は!?

ISBN 978-4-8137-8007-6 定価814円（本体740円+税10%）

野いちごジュニア文庫

ドキドキ＆胸《むね》きゅんがいっぱい！

野《の》いちごジュニア文庫《ぶんこ》 人気作品《にんきさくひん》の紹介《しょうかい》

イジメ返《がえ》し　イジメっ子《こ》3人《にん》に仕返《しかえ》しします

なぁな・著《ちょ》

中《ちゅう》1の花菜《はな》のクラスには、カーストトップの早紀《さき》、澪《みお》、青葉《あおば》がいる。ささいなことがきっかけで、花菜《はな》は早紀《さき》たちからイジメられるように…。つらい日々《ひび》を送《おく》っていた時《とき》、隣《となり》のクラスの美少女《びしょうじょ》・カンナから「イジメ返《がえ》し」を提案《ていあん》されて…!?　「100倍《ばい》にして、仕返《しかえ》ししない？」さぁ、一緒《いっしょ》にはじめよう。とびきりのイジメ返《がえ》し──。

ISBN978-4-8137-8170-7
定価《ていか》：836円《えん》（本体《ほんたい》760円《えん》＋税《ぜい》10%）

ホラー

人生終了《じんせいしゅうりょう》ゲーム　地獄《じごく》の敗者復活戦《はいしゃふっかつせん》へようこそ

cheeery《チェーリィ》・著《ちょ》

命《いのち》の重《おも》みをわからせるためのデスゲーム【センタクシテクダサイ】。2年前《ねんまえ》にこのゲームで命《いのち》を落《お》とした中《ちゅう》3の瞳《ひとみ》は、死後《しご》の世界《せかい》で敗者復活戦《はいしゃふっかつせん》に参加《さんか》することに！　しかも、集《あつ》められた生徒《せいと》たちは全員《ぜんいん》がこのゲームの経験者《けいけんしゃ》。彼《かれ》らの予想外《よそうがい》な裏切《うらぎ》りやだまし合《あ》いで、命《いのち》がけのゲームは大混乱《だいこんらん》!?　危険《きけん》すぎるサバイバルホラー、第《だい》4弾《だん》！

ISBN978-4-8137-8160-8
定価《ていか》：836円《えん》（本体《ほんたい》760円《えん》＋税《ぜい》10%）

ホラー

キミが死《し》ぬまで、あと5日《か》　逃《に》げられない呪《のろ》いの動画《どうが》

西羽咲花月《にしわざきかつき》・著《ちょ》

ある日《ひ》、中学生《ちゅうがくせい》の泉美《いずみ》は衝撃的《しょうげきてき》なニュースを知《し》る。仲《なか》の良《よ》かった同級生《どうきゅうせい》が事故《じこ》で死《し》んでしまったのだ。中学生《ちゅうがくせい》の間《あいだ》で拡散《かくさん》され続《つづ》けている『呪《のろ》いの動画《どうが》』が原因《げんいん》みたいで…？　この動画《どうが》を受《う》け取《と》ると、5日後《かご》には必《かなら》ず死《し》んでしまう!?　動画《どうが》の謎《なぞ》を解《と》くため動《うご》き出《だ》す泉美《いずみ》たちを待《ま》っていたのは──!?　恐怖度《きょうふど》MAXな学園《がくえん》ホラー開幕《かいまく》！

ISBN978-4-8137-8160-8
定価《ていか》：847円《えん》（本体《ほんたい》770円《えん》＋税《ぜい》10%）

ホラー

ドキドキ＆胸《むね》きゅんがいっぱい！

野《の》いちごジュニア文庫《ぶんこ》 人気作品《にんきさくひん》の紹介《しょうかい》

学級崩壊《がっきゅうほうかい》ゲーム　仲《なか》よしクラスの絆《きずな》は本物《ほんもの》？

野月《のづき》よひら・著《ちょ》

小《しょう》6の華《はな》が目覚《めざ》めると教室《きょうしつ》にクラスメイトが揃《そろ》っていた。謎《なぞ》の男《おとこ》が現《あらわ》れ「あなたたちは"シンユウチャレンジ"に選《えら》ばれました」と言《い》う。それはクラスの絆《きずな》が試《ため》されるゲームで…失敗《しっぱい》するとまさかの即死《そくし》!?　デスゲームでみんなの秘密《ひみつ》や恐《おそ》ろしい裏《うら》の顔《かお》が暴《あば》かれて学級崩壊《がっきゅうほうかい》!?　生《い》き残《のこ》りと友情《ゆうじょう》、どちらを選《えら》ぶ？　究極《きゅうきょく》の学園《がくえん》サバイバルホラー！

ISBN978-4-8137-8155-4
定価《ていか》：803円《えん》（本体《ほんたい》730円《えん》＋税《ぜい》10%）

ホラー

無人島《むじんとう》からの裏切《うらぎ》り脱出《だっしゅつ》ゲーム

蜂賀三月《はちがみつき》・著《ちょ》

校外学習《こうがいがくしゅう》で南《みなみ》の島《しま》を訪《おとず》れた中《ちゅう》1のモモたち。島《しま》を見学《けんがく》するための腕時計《うでどけい》を装着《そうちゃく》すると――「認証《にんしょう》が完了《かんりょう》しました。デスゲームをお楽《たの》しみください」。七《なな》つのゲームをクリアできなければ、毒《どく》を注入《ちゅうにゅう》されて死《し》んでしまう!?　命《いのち》をかけたゲームで、みんなの本性《ほんしょう》が明《あき》らかになって…。生《い》き残《のこ》りをかけた絶望《ぜつぼう》の裏切《うらぎ》りバトルが幕《まく》を開《あ》ける――！

ISBN978-4-8137-8146-2
定価《ていか》：781円《えん》（本体《ほんたい》710円《えん》＋税《ぜい》10%）

ホラー

裏切《うらぎ》り投票《とうひょう》ゲーム

cheeery《チェーリィ》・著《ちょ》

成績優秀《せいせきゆうしゅう》な生徒《せいと》が集《あつ》まる６年《ねん》３組《くみ》に通《かよ》う藤白玲《ふじしろれい》は、楽《たの》しく修学旅行《しゅうがくりょこう》に行《い》くはずだった。だけど、バスの行《ゆ》き先《さき》は不気味《ぶきみ》な館《やかた》で!?　突然始《とつぜんはじ》まったウソつきを探《さが》す"裏切《うらぎ》り投票《とうひょう》ゲーム"。回答者《かいとうしゃ》に選《えら》ばれた５人《にん》は、答《こた》えを一致《いっち》させなければいけない。仲良《なかよ》しクラスが崩壊《ほうかい》!?　次々《つぎつぎ》に明《あ》かされるみんなの"裏《うら》の顔《かお》"にハラハラドキドキ！

ISBN978-4-8137-8133-2
定価《ていか》：781円《えん》（本体《ほんたい》710円《えん》＋税《ぜい》10%）

ホラー